Os IMAGINÁRIOS

A. F. HARROLD

Os IMAGINÁRIOS

Ilustrações de EMILY GRAVETT

Tradução de ALEXANDRE BOIDE

Escarlate

Copyright © 2014 by A. F. Harrold

Esta edição em língua portuguesa foi publicada por SDS Editora de Livros Ltda. e licenciada por Bloomsbury Publishing Plc.

Grafia atualizada segundo o Acordo Ortográfico da Língua Portuguesa de 1990, que entrou em vigor no Brasil em 2009.

Título original
THE IMAGINARY

Revisão
KARINA DANZA
FERNANDA A. UMILE

Composição
MAURICIO NISI GONÇALVES

cip-Brasil. Catalogação na Publicação
Sindicato Nacional dos Editores de Livros, rj

H255i
    Harrold, A. F., 1975-
    Os imaginários / A. F. Harrold ; ilustrações de Emily Gravett ; tradução de Alexandre Boide. — 1ª ed. — São Paulo : Escarlate, 2016.

    Tradução de: The Imaginary.
    isbn 978-85-8382-043-7

    1. Ficção infantojuvenil inglesa. I. Gravett, Emily. II. Boide, Alexandre. III. Título.

16-34906
                                    cdd: 028.5
                                    cdu: 087.5

6ª reimpressão

2022

Todos os direitos desta edição reservados à
SDS EDITORA DE LIVROS LTDA.
Rua Bandeira Paulista, 702, cj. 71D
04532-002 — São Paulo — sp — Brasil
☎(11) 3707-3500
▶ www.brinquebook.com.br/escarlate
▶ www.companhiadasletras.com.br/escarlate
▶ www.blog.brinquebook.com.br
f /brinquebook
@brinquebook
▶ /Tv Brinque-Book

A marca FSC® é a garantia de que a madeira utilizada na fabricação do papel deste livro provém de florestas que foram gerenciadas de maneira ambientalmente correta, socialmente justa e economicamente viável, além de outras fontes de origem controlada.

Esta obra foi composta em Celestia Antiqua e impressa pela Gráfica Eskenazi em ofsete sobre papel Alta Alvura da Suzano S.A. para a Editora Escarlate em abril de 2022

PARA MARC, MEU IRMÃO –
CONTRA O ESQUECIMENTO.

A. F. HARROLD

PARA MEUS AMIGOS, TANTO OS REAIS QUANTO OS IMAGINÁRIOS,
POR ACREDITAREM EM MIM.

EMILY GRAVETT

SUMÁRIO

Recorda-te	11
Introdução	13
Capítulo um	17
Capítulo dois	29
Capítulo três	41
Capítulo quatro	70
Capítulo cinco	85
Capítulo seis	99
Capítulo sete	118
Capítulo oito	140
Capítulo nove	151
Capítulo dez	169
Capítulo onze	179
Capítulo doze	190
Capítulo treze	200
Capítulo catorze	224

RECORDA-TE

Recorda-te de mim quando eu embora
for para o chão silente e desolado;
quando eu não te tiver mais ao meu lado
e sombra vã chorar por quem me chora.

Quando mais não puderes, hora a hora,
falar-me no futuro que hás sonhado,
ah, de mim te recorda e do passado,
delícia do presente por agora.

No entanto, se algum dia me olvidares
e depois te lembrares novamente,
não chores: que se em meio aos meus pesares,

Um resto houver do afeto que em mim viste,
melhor é me esqueceres, mas contente,
que me lembrares e ficares triste.

Christina Rossetti

(Tradução de Manuel Bandeira)

INTRODUÇÃO

Amanda estava morta.

Aquelas palavras produziam um vazio dentro dele, como um poço em que estivesse despencando.

Como era possível?

Amanda, morta?

Mas ele tinha visto com seus próprios olhos. Ela não estava respirando. Estava morta.

Rodger estava passando mal. Estava perdido. Parecia que seu mundo tinha desmoronado.

Ele caiu de joelhos no parque, olhando ao redor, para a grama e as árvores. Os pássaros estavam cantando. Um esquilo passou saltitando do caminho de cimento para a grama, ignorando sua presença.

Como tudo podia estar tão verde? Como tudo podia estar tão vivo, se Amanda estava morta?

Era uma pergunta terrível com uma resposta terrível: a morte de uma garotinha não tinha muita importância para o mundo. Por mais que isso o deixasse arrasado, a mãe dela com o coração dilacerado, o parque, a cidade e o mundo ao redor continuavam os mesmos.

Mas Rodger adorava as mudanças, adorava ver que, quando Amanda entrava em um lugar, tudo ganhava vida, sua imaginação dava cor às coisas, preenchia cada detalhe, transformava um abajur de pedestal em uma árvore exótica, um arquivo de gaveta no baú com o tesouro roubado de um pirata, um gato sonolento em uma fera prestes a atacar. Sua mente era como uma faísca que fazia o mundo se acender, e Rodger havia sido parte disso. Mas agora...

Ele olhou para o parque ao seu redor. Era o tipo de lugar que Amanda teria reinventado como um mundo totalmente novo, mas, por mais que ele olhasse, o parque insistia em ser só um parque. Ele não tinha imaginação suficiente.

Na verdade, ele pensou, sua imaginação não era suficiente nem para imaginar a si mesmo.

Ele já começava a ver a silhueta das árvores através de suas mãos. Estava desaparecendo. Sem Amanda para pensar nele, para se lembrar dele, para torná-lo real, ele estava se desfazendo.

Rodger estava sendo esquecido.

Começou a se sentir sonolento, cada vez mais.

Como seria desaparecer? Sumir sem deixar vestígios?

O tempo diria, ele pensou, em breve o tempo diria.

Os pássaros entoaram canções de ninar para ele.

O calor do sol arrefeceu. Ele estava adormecido.
Foi quando uma voz baixa e cristalina falou:
— Estou vendo você.
E Rodger abriu os olhos.

Naquela tarde, Amanda Mexilhão abriu o guarda-roupa e pendurou seu casaco em um menino.

Ela fechou a porta e se sentou na cama.

Não havia tirado os tênis antes de subir, e seus pés estavam molhados. Não só seus pés. Suas meias e seus tênis também estavam encharcados. Até os cadarços.

Os nós estavam úmidos e gelados e recusavam-se a se soltar. Amanda forçou, então, com os dedos, mas isso só serviu para machucar suas unhas. Parecia mais fácil *elas* se soltarem do que aqueles nós.

Se os cadarços nunca se soltassem, Amanda pensou, ela jamais conseguiria tirar os tênis. O que significava passar o resto da vida com os pés molhados. Isso sem falar em usar o mesmo par de tênis para sempre. Amanda era o tipo de menina (e ela fazia questão de dizer isso) que *gostava* de tênis velhos e sujos (porque são confortáveis,

e a pessoa não precisa se preocupar em não os sujar, porque já estão sujos), mas até ela era capaz de entender que um dia, algum dia, ia querer usar *outro* tipo de calçado.

Além disso, ela pensou, e se os seus pés quisessem crescer? Lá na escola, a professora tinha mostrado para os alunos uma árvore *bonsai*. Era um carvalho com o mesmo tamanho de um girassol, porque estava sendo cultivado em um vaso bem pequeno.

Se ela não conseguisse tirar os tênis, ficaria com tamanho de criança para o resto da vida, assim como aquela árvore que não tinha para onde crescer. Por enquanto, isso não faria diferença, mas em dez anos ter o mesmo tamanho de agora seria um problema. Falando bem sinceramente, seria uma porcaria.

Por isso, era mais do que importante tirar aqueles tênis.

Amanda puxou com força o nó molhado, que não cedeu nem um pouquinho.

Então, depois de um tempo, ela parou. Espiou o pé de canto de olho. Disfarçou. Cantarolou. Resmungou. Cantarolou mais um pouco.

E depois, com uma agilidade felina, foi correndo até a penteadeira, abriu várias gavetas, remexeu dentro delas, jogou um monte de coisas no chão e, por fim, ergueu o objeto que estava procurando.

— A-há! — ela exclamou em voz alta, sentindo-se como uma princesa que acabou de encontrar um dragão amarrado em uma árvore e descobriu em sua bolsa exatamente o que precisava para libertá-lo (uma espada, digamos, ou um livro ensinando a libertar dragões).

Sentando-se outra vez na beira da cama, ela levou um dos pés até o colo, puxou o nó, posicionou a tesoura entre a língua do tênis e o cadarço e, com um simples e agradável *clique*, cortou-o ao meio.

Prestes a se livrar do aperto, ela puxou rapidamente o cadarço, arrancando-o dos passantes, e tirou o tênis, arremessando o calçado, junto com a meia, para o canto do quarto.

Ela remexeu os dedos úmidos do pé, curtindo a liberdade.

Em seguida, repetiu a operação no outro pé, e jogou o tênis e a meia no canto, junto com o outro.

Amanda se ajeitou melhor em cima da cama. Seus pés estavam pálidos e enrugados, e ela soprou um bafo quente neles antes de enxugá-los com o edredom.

Ela, Amanda Mexilhão, era um gênio. Isso era óbvio! Quem seria capaz de encontrar uma solução tão simples em tão pouco tempo? Se Vicente ou Júlia (seus amigos da escola) chegassem em casa com os tênis molhados, ainda estariam com eles nos pés e *totalmente* gelados. Tão frios que eles, provavelmente, acabariam pegando pneumonia.

Só que isso jamais aconteceria, porque Vicente e Júlia não eram do tipo que passavam as tardes de sábado na chuva, fazendo questão de pular em todas as poças que aparecessem no caminho. Mas isso era só um detalhe.

– Amanda! – uma voz gritou do primeiro degrau da escada.

– Quê? – Amanda berrou de volta.

– Você sujou o carpete de lama outra vez?

– Não.

– Então, por que o carpete está sujo de lama?

– Não fui eu, mãe – Amanda gritou, descendo da cama e ficando de pé.

Ela pegou os tênis molhados. "Na verdade, estão um *pouquinho* enlameados", ela pensou. Mais ou menos. Olhando bem dava para notar.

Ela ficou parada ali por um momento, com os tênis nas mãos. Se sua mãe entrasse, visse os tênis molhados e a lama nas solas, *acabaria tirando conclusões*. Amanda precisava se livrar daqueles tênis, e rápido.

Abrir a janela e arremessá-los lá para baixo tomaria tempo demais. Ela podia escondê-los debaixo da cama, mas a sua cama era do tipo que não tinha espaço vazio embaixo, só uns gavetões, que já estavam cheios de tranqueiras importantes.

Só havia uma coisa a fazer.

Ela abriu a porta do guarda-roupa e jogou os tênis lá dentro.

Eles acertaram o menino, que ainda estava segurando seu casaco.

– Uf! – ele falou quando os tênis atingiram sua barriga e caíram de novo no carpete.

Amanda estava prestes a brigar com ele por tê-los derrubado quando a porta do quarto se abriu.

– Amanda Margarida Mexilhão – disse sua mãe naquele tom irritante de que só as mães são capazes. (Pelo jeito elas acham que, se mostrarem que sabem o nome completo da criança, a bronca vai provocar um efeito maior. Mas, como na verdade foram elas que deram os nomes aos filhos, isso não parece ser um feito dos mais impressionantes.) – O que eu falei sobre tirar os sapatos *antes* de subir?

Por um instante, Amanda ficou em silêncio. Ela tentou pensar rápido, mas a confusão acabou tomando conta de sua cabeça.

Havia duas portas disponíveis. Uma dava para o patamar da escada e estava bloqueada por sua mãe. A outra, a do guarda-roupa, estava ocupada por um menino que ela nunca tinha visto na vida. Parecia ter sua idade, e segurava seu casaco encharcado, sorrindo nervosamente para ela.

Era um pouco estranho, mas, se sua mãe não tocasse no assunto, Amanda estava disposta a não falar nada também.

– O que você tem a dizer em sua defesa?

– Estavam com nós – Amanda falou, apontando para os tênis imundos, largados entre ela e os pés do menino. (Amanda notou que os tênis dele eram iguais aos seus, só que estavam mais limpos, como se ele nunca tivesse pulado em uma poça. "Que sorte a minha", ela pensou. "Um menino aparece do nada no meu guarda-roupa, e ele é igual ao Vicente e à Júlia: tem medo de se sujar. Humpf!")

– Nós? – sua mãe repetiu, como se dizendo em voz alta fosse mais fácil decidir se era ou não uma boa desculpa. – Nós. *Nós?*

– Exatamente. Então eu vim até aqui – continuou Amanda – para pegar a tesoura, ou então nunca mais ia conseguir tirar os tênis. Aí os meus pés não iam conseguir crescer, e...

– E o que é isso? – sua mãe questionou com um gritinho agudo, interrompendo sua fala no momento em que ela ia começar a explicar sobre as árvores *bonsai*.

Amanda parou de falar e seguiu a linha invisível que ia da ponta do dedo de sua mãe até o interior do guarda-roupa.

Se estivesse no lugar dela, essa, com certeza, teria sido a primeira coisa que Amanda perguntaria. Nada de ficar perguntando sobre tênis molhados e coisas do tipo, ela ia querer saber do menino. Por outro lado, Amanda lembrou (colocando-se no lugar de sua mãe), isso significava que ela estava trazendo amigos, escondido, para casa, o que era contra todas as regras de educação, ou então se tratava de um caso de invasão. Isso não seria nada bom, certo? Afinal de contas, se um menino conseguia entrar ali em pleno sábado à tarde, quem mais poderia fazer o mesmo em algum outro momento? A casa estaria infestada de ladrões em um piscar de olhos, e o que aconteceria com elas? Seriam assaltadas, isso sim.

– Eu perguntei o que é isso! – sua mãe ainda estava apontando para o menino no guarda-roupa.

Amanda fez uma careta, inclinou a cabeça de lado e olhou bem para ele, como se assim fosse capaz de obter uma resposta.

– Não é assim que se fala, mãe – ela rebateu, batendo com o pé no chão. – Não é "o que", é "quem".

Sua mãe foi até o guarda-roupa, tirou o casaco ensopado das mãos do menino e se virou para ela.

– O que é *isto*? – ela perguntou, dando as costas para o guarda-roupa.

– Ah – disse Amanda. – É o meu casaco.

– E o que ele está fazendo aqui?

– Está guardado? – Amanda sugeriu com cautela.

– Mas, querida – sua mãe falou em um tom de voz mais baixo –, está todo molhado. Olhe só, está pingando. Vai pendurar lá embaixo, perto do aquecedor. Eu já disse para você não enfiar as roupas no armário desse jeito. Elas podem embolorar. Quando é que você vai aprender?

– Segunda-feira, na escola – Amanda respondeu.

Sua mãe suspirou, sacudindo a cabeça e baixando o casaco.

– Vou levar isto aqui lá para baixo também – ela falou, apanhando os tênis.

O menino desconhecido sorriu para Amanda por trás das costas de sua mãe.

– Essa foi boa – ele falou.

– O que foi que você fez? – perguntou sua mãe com um suspiro de susto, agitando os tênis. – Você cortou os cadarços!

– Eu falei que eles estavam com nós – respondeu Amanda, da forma mais racional possível.

– Mas você *cortou* os cadarços?

– Bom...

– Eu não acredito nas coisas que você faz, Amanda – disse sua mãe. – Simplesmente não acredito.

Ela se virou para a porta.

– Hã, mãe – Amanda chamou baixinho.

– Quê?

– Você está molhando o carpete.

O casaco estava mesmo pingando no chão, e isso era exatamente o tipo de coisa pela qual Amanda sempre levava bronca de sua mãe, mas desta vez ela se limitou a bufar e descer as escadas pisando duro.

"Bom", pensou Amanda, "os adultos são mesmo impossíveis de entender."

Ela olhou para o menino no guarda-roupa, que a encarou de volta.

– Você gostou da minha piada, então? – perguntou Amanda.

– Foi engraçadinha.

– *Engraçadinha?* – esbravejou ela. – Acho que foi a melhor piada que eu fiz hoje.

– É – admitiu o menino. – Mas...

– Mas o quê? – perguntou Amanda, estreitando os olhos.

O menino a encarou, coçando a cabeça.

Ela estreitou ainda mais os olhos e chegou mais perto, inclinando-se para a frente. (Era preciso chegar mais perto, porque ela tinha estreitado tanto os olhos que não estava mais conseguindo vê-lo direito.)

O menino estreitou os olhos *dele*, imitando seu gesto, e se inclinou para a frente.

Eles se encararam nariz com nariz, estreitando os olhos e se inclinando para a frente, mas então Amanda deu um passo repentino para o lado. O menino caiu de cara no chão.

– Ah, essa foi demais – Amanda disse, ofegante, em meio às risadas. Ela estava com uma das mãos na barriga, e com a outra apontava para ele. – Simplesmente demais. Você caiu de cara! Muito engraçado. Quer uma bala de goma?

E foi assim que Amanda conheceu Rodger. Ou, então, dá para dizer que foi assim que Rodger conheceu Amanda Mexilhão, dependendo da história de quem estamos contando.

Rodger acordou no guarda-roupa de Amanda no momento exato em que ela fechou a porta da rua com um estrondo.

Ele ouviu quando ela subiu correndo as escadas, e ficou quietinho no escuro, só esperando.

Onde estava antes disso, ele não se lembrava. Caso estivesse em algum lugar, tinha sumido de sua mente quando ele acordou.

Mas agora que encontrou Amanda, ele ficou com uma sensação de *certeza* no fundo de seu ser. Como se tivesse sido feito para ela. Como se pudesse afirmar sem nenhuma dúvida que ela era sua primeira amiga. E também a única e, portanto, sua melhor amiga.

Uma semana depois de se conhecerem, Amanda o levou para a escola para mostrá-lo a Vicente e Júlia. Eles foram muito educados, porque sabiam que Amanda era meio esquisita. Quando ela o apresentou aos dois, apontando para ele, ambos estenderam a mão para cumprimentá-lo, só que não havia mão nenhuma para apertar, apenas um espaço vazio.

– Não *aí*, seus burros, *aqui* – corrigiu Amanda, apontando exatamente para onde ele estava. Os dois deram uma risadinha, pediram desculpas e tentaram cumprimentá-lo outra vez. Júlia o acertou no estômago, e Vicente, que era mais alto, quase enfiou o dedo no seu olho.

Logo ficou bem claro para Rodger que apenas Amanda podia vê-lo, e mais ninguém. Rodger era um amigo que Amanda não podia compartilhar, e ele gostou disso.

Foi a primeira e última vez que foi à escola.

DOIS

Amanda e Rodger passaram o início das férias de verão no quintal, na maior parte do tempo. Montaram sua toca em um cantinho lá no fundo, debaixo do espinheiro, e pelos olhos dela ele viu o lugar se transformar.

Num dia a toca era uma nave espacial, aterrissando em planetas alienígenas. Eles passaram pelo espinheiro, tomando o cuidado de não furar seus trajes espaciais, e caminharam pela superfície de seu estranho e novo lar em saltos compridos e vagarosos, por causa da gravidade reduzida. Ficaram maravilhados com as curiosas formações rochosas e as várias luas no céu enquanto perseguiam os estranhos animais do tamanho de gatos que viviam naquele mundo distante.

Em outro dia a toca virava a cesta de um enorme balão de ar quente, pousando no alto de um planalto rochoso quilômetros acima de uma úmida e quente floresta tropical. Eles arriscaram uma olhada pela beirada da pedra (ou melhor, Amanda desafiou Rodger a olhar e, quando ele se recusou, fez isso ela mesma para mostrar que não era nada de mais), e perseguiram os estranhos animais do tamanho de gatos que viviam por lá fazia milhões de anos.

Em outras ocasiões, a toca podia ser um iglu, e o quintal ficava coberto de gelo, ou então a barraca de um beduíno, e o quintal se transformava em um deserto seco e poeirento, ou então um tanque futurista, atravessando com suas esteiras trilhas infindáveis em meio a lamaçais e crateras.

Aonde quer que fossem, Cafeteira, a gata da mãe de Amanda, ficava observando tudo com cautela da varanda dos fundos, esperando pelo momento em que Amanda viria atrás dela. Na imaginação de Amanda, Cafeteira sempre fazia o papel do alienígena, tigre ou dinossauro que precisava ser perseguido.

No início, Rodger sentia pena dela, mas a gata sempre dava um jeito de entrar em casa pela portinhola para gatos assim que Amanda dava o bote.

Às vezes, Rodger chegava a pensar que Cafeteira conseguia vê-lo. Ela o encarava quando estava se limpando, e ficava parada olhando para ele com uma expressão preocupada, com a língua para fora, mas logo em seguida piscava, bocejava, erguia a perna e começava a lamber a pata como se nada tivesse acontecido. Então, quem poderia dizer?

Bom, Cafeteira podia dizer, concluiu Rodger, mas, como ela era uma gata e os gatos não falam, ele se conformou que jamais saberia.

Um dia Rodger e Amanda estavam explorando um complexo de cavernas profundas e escuras, que se estendia por quilômetros sob a escada. O cheiro de umidade, morcegos e água parada era bem forte ali e, no momento em que Amanda ia reclamar com Rodger por não ter trazido as lanternas, a campainha tocou.

Enquanto o eco reverberava pelas cavernas, eles ouviram os resmungos da mãe de Amanda enquanto ia abrir a porta. Ela estava trabalhando no escritório e não queria ser interrompida.

– Pois não? – esbravejou ela quando abriu a porta.

– Ah, olá – disse uma voz grossa que Amanda não reconheceu. – Estou fazendo uma pesquisa aqui no bairro. A senhora poderia participar?

– É sobre o quê?

– É uma pesquisa… – respondeu a voz. Houve uma longa pausa, como se só aquela resposta fosse suficiente, e então a voz acrescentou: – sobre a situação do país hoje. E das crianças.

– Não sei, não – respondeu a mãe de Amanda. – O senhor tem alguma identificação?

– Identificação?

– Sim, um documento que diga quem é o senhor.

– Quem eu sou? Meu nome é sr. Tordo, minha senhora. Como o pássaro.

– Pássaro?

– Sim, é um parente do melro, por exemplo. Existem outros...

– Sei, sei – concordou a sra. Mexilhão. – O senhor tem alguma coisa que prove isso?

– Que prove o parentesco entre os pássaros? – perguntou o homem. – Não. Não tenho. Ornitologia não é a minha...

– Não – interrompeu a mãe de Amanda –, um documento para provar que o senhor é quem está dizendo.

O sr. Tordo limpou a garganta, como se estivesse se sentindo ofendido (mas só um pouquinho), antes de responder: – Sim, claro. Tenho um crachá, veja só.

A essa altura Amanda já estava no corredor. Ela deixou Rodger na caverna debaixo da escada para não perder o lugar onde estava na aventura (da mesma forma que a pessoa coloca o dedo na página do livro para marcar onde parou quando alguém interrompe sua leitura). Ela foi caminhando devagar até sua mãe e a abraçou pela cintura.

Sr. Tordo

As mães gostavam desse tipo de coisa. E assim ficava mais fácil para Amanda ouvir a conversa.

Olhando para fora, ela descobriu que havia duas pessoas paradas à porta: um homem adulto, que mostrava um crachá para sua mãe, e uma menina mais ou menos da sua idade.

O homem usava uma bermuda e uma camisa estampadas com toda uma variedade de cores e padrões, que iam se expandindo sobre seu tronco largo como palmeiras que envergam sob a brisa tropical. Ele tinha uma prancheta nas mãos, uma caneta na orelha e era totalmente careca. Os óculos escuros escondiam seus olhos, e um bigodão ruivo, que balançava toda vez que ele falava, cobria toda sua boca.

A menina, por sua vez, estava com um vestido escuro e sem graça e uma camisa branca. Era praticamente um uniforme escolar, pensou Amanda. O cabelo dela era preto e liso, caído por sobre os olhos quase sem brilho. Ela se limitava a ficar parada em silêncio enquanto o homem tagarelava sem parar.

Amanda deduziu que o homem devia ser o pai dela, e a obrigava a ir trabalhar com ele. Ela sabia que às vezes suas amigas precisavam fazer isso nas férias. A garota não parecia estar gostando muito.

Então, a menina olhou para ela, diretamente nos olhos. O movimento repentino fez Amanda se assustar (embora ela jamais fosse admitir isso); mesmo assim, conseguiu abrir um sorriso para a garota. Era sempre bom ser simpática, Amanda acreditava, e a expressão triste no rosto da menina praticamente tornava essa a única opção.

A garotinha pálida abriu um sorrisinho estreito com os lábios finos e, em seguida, deu um puxão na camisa do homem.

Ele parou de falar.

– Não acho uma boa ideia ficar respondendo perguntas de pé na porta – disse a mãe de Amanda. – O senhor não teria um formulário para deixar comigo? Alguma coisa que eu possa mandar pelo correio? Ou então... eu estou bem ocupada no momento.

Ela fez um movimento de digitação com as duas mãos, para reforçar o que estava dizendo.

– Ah, não precisa, senhora – o homem respondeu com uma risadinha de contentamento. – Não precisa mesmo. Sinto muito por ter tomado seu tempo nesta tarde tão bonita. Eu já vou indo. Estou indo, certo?

Ele tirou um lenço do bolso e enxugou a testa antes de dar meia-volta e ir embora.

Quando fechou a porta da rua, a mãe de Amanda comentou:
– Que estranho!

– O que eles queriam, mãe?

– Ele ficou perguntando quantas crianças vivem aqui e coisas do tipo. Achei bem esquisito, querida. Foi por isso que quis me livrar logo dele.

– E ela parecia tão triste por ter de ficar andando atrás dele por aí – comentou Amanda, voltando pelo corredor para o local onde Rodger estava à sua espera.

– *Ela*, querida?

– A menina.

– Que menina?

Amanda olhou para sua mãe e inclinou a cabeça para o lado.

– Ah, nada não – ela falou com um aceno para que sua mãe voltasse ao trabalho. Sua mãe estava ocupada, e Amanda estava fazendo de tudo para não atrapalhar. – Eu estava falando com o Rodger.

– O Rodger – sua mãe falou com um tom indulgente. – Ele está bem? O que vocês estão fazendo hoje?

– Uma exploração subterrânea.

Depois disso, Amanda voltou para as cavernas, tateando em meio à escuridão as formações rochosas em formato de aspirador de pó e as estalactites úmidas e negras. Ela contou para Rodger o que tinha acontecido.

– E ela não viu a menina? – ele perguntou.

– Não.

– Ela não olhou direito?

– Ah, ela estava olhando tudo direitinho. Ela não é burra, não *mesmo*. Sabe o que eu acho, Rodger?

– É, acho que sim.

– Aquele cara. Ele tem uma amiga imaginária, igual eu tenho você.

– Bom – falou Rodger –, é legal saber que eu não estou sozinho.

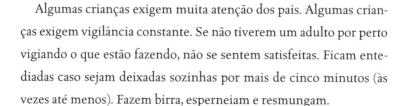

Algumas crianças exigem muita atenção dos pais. Algumas crianças exigem vigilância constante. Se não tiverem um adulto por perto vigiando o que estão fazendo, não se sentem satisfeitas. Ficam entediadas caso sejam deixadas sozinhas por mais de cinco minutos (às vezes até menos). Fazem birra, espernelam e resmungam.

Amanda nunca foi uma dessas crianças. Ela sempre se sentiu bem sozinha. Quando era menorzinha, passava horas só com folhas de papel e caixas de lápis de cor e giz de cera, desenhando mapas e monstros e planejando aventuras. Ficava mais do que feliz sentada em sua cama, lendo livros e navegando pelo oceano. Quando ia à casa de outras crianças, em aniversários ou festas do pijama, os pais delas às vezes ligavam para sua mãe dizendo coisas do tipo:

– Encontrei a Amanda sentada debaixo da mesa da cozinha. Ela falou que seu barco foi engolido por uma baleia, e está esperando o bicho vomitar. Hã... Você quer vir buscá-la?

E a mãe de Amanda respondia: – Ela *quer* vir para casa mais cedo? Ela quebrou alguma coisa? Não? Então, vou pegá-la na hora combinada.

Como Amanda sabia se entreter sozinha – inventando aventuras e explorando histórias de sua própria cabeça –, sua mãe podia passar a maior parte do tempo trabalhando no escritório em casa (mandando *e-mails* e planilhas para o sr. e a sra. Mexilhão, os avós de Amanda, donos da empresa da qual sua mãe cuidava da contabilidade), ou escutando rádio na cozinha enquanto esperava a água da chaleira ferver, ou ficar deitada no sofá com os pés para cima (só dez minutinhos) com uma taça de vinho no meio da tarde, e às vezes quase se esquecia (mas não literalmente) de que tinha uma filha.

Isso não significava que a sra. Mexilhão não fosse uma boa mãe, nem que não deixaria o trabalho no computador para *mais tarde* para ler um livro para a filha, ou para brincar com ela, ou para ajudá-la na lição de casa, ou acompanhá-la no cinema caso Amanda pedisse. Era até bom que Amanda fosse o tipo de menina que se divertia sozinha. Talvez porque isso a fizesse se sentir menos culpada por passar tanto tempo trabalhando no escritório.

Num domingo de manhã, algumas semanas depois de Rodger aparecer, a sra. Mexilhão recebeu um telefonema. Estava em sua mesa no escritório, olhando pela janela por cima da tela do computador, vendo Amanda brincar no quintal.

No outro lado da linha estava sua mãe. A vovó Tristão, como dizia Amanda. Elas jogaram conversa fora por alguns minutos, como os adultos sempre fazem, e então a sra. Tristão perguntou sobre a neta.

— Ela está aí perto? Não quer vir falar um *oi* para mim?

— Não, mãe — respondeu a sra. Mexilhão. — Ela está no quintal brincando com o Rodger.

— Roger? — perguntou sua mãe. — É um amiguinho novo?

— Mais ou menos. Ele é novo, e é amigo dela, mas...

— O quê?

— Você vai rir de mim, mãe. Vai dizer que ela é mimada demais, ou que fica tempo demais sozinha. Das duas, uma.

— Não seja boba, querida — respondeu sua mãe. — Pode contar.

— O Rodger não é real.

— Não é real?

— Não, ele é imaginário. Amanda o inventou umas semanas atrás, e os dois agora são inseparáveis. Ele tem um lugar reservado na mesa e tudo. Não é para rir.

Mas sua mãe não estava rindo. Pelo contrário, parecia melancólica.

– Ah, Elis, querida – ela falou. – Você se lembra do Freezer?

– Freezer? – perguntou a mãe de Amanda. – Do que você está falando?

– Do *seu* amigo imaginário, querida. Acho que era um cachorro, não? Já faz muito tempo, claro, mas quando era pequena você não ia a lugar algum sem ele. Os gatos não podiam entrar nos lugares se o Freezer estivesse lá. Você punha os bichos para correr, para ele não ficar assustado.

– Eu não me lembro disso – a mãe de Amanda falou, perguntando a si mesma como poderia ter se esquecido de algo tão memorável.

– Ah, querida, pergunte para o seu irmão da próxima vez que falar com ele – sua mãe sugeriu. – Você e o Freezer deixavam o coitado maluco.

Logo em seguida, elas mudaram de assunto, conversando sobre o trabalho e sobre o tempo, sobre alcachofras e artrite, os típicos assuntos de adulto.

Quando desligou o telefone, a mãe de Amanda ficou sentada em silêncio por um tempo à mesa do escritório. Ela olhou, pela janela, para o jardim e sorriu ao ver Amanda saltando o banco com o rosto todo pintado de azul e um pedaço de pau na mão, berrando como um antigo guerreiro celta e expulsando a pobre Cafeteira do canteiro de flores.

A portinhola para gatos rangeu na cozinha.

Ela se recostou na cadeira e começou a pensar sobre Freezer. Agora que sua mãe havia lembrado, ela descobriu que ainda tinha algumas

recordações a respeito. E *quase* conseguia se lembrar da aparência dele. Seria um cão pastor? Talvez. Fazia tanto tempo. Apesar de ter a sensação de que se recordava de algumas coisas (o cheiro da pelagem molhada do cachorro quando dormia sob sua cama, por exemplo), a maior parte das lembranças foi se perdendo à medida que ela crescia.

O que estava bem *claro*, porém, era que inventar um amigo não fez mal nenhum a *ela*; então, não havia por que se preocupar com Amanda. Alguns adultos que ela conhecia procurariam um psicólogo assim que notassem o primeiro sinal de que seus filhos tinham imaginação, mas ela estava mais do que feliz por dividir a casa com Rodger.

Se havia um lugar extra na mesa para compartilhar, então, por que não? Se ela precisasse comprar o xampu especial com cheiro de morango que era o favorito do menino, ora, isso não era incômodo nenhum. Se fosse necessário verificar se o cinto de segurança dele estava bem preso antes de sair com o carro, era um pequeno preço a pagar pela felicidade de sua filha.

Além disso, por tudo que Amanda já tinha falado sobre Rodger, dava para ver que ele não era má influência. Na verdade, ela temia secretamente que ele pudesse ser bonzinho demais para seu *próprio* bem.

TRÊS

Naquele fim de tarde, a mãe de Amanda ia sair e só voltaria à noite. Ela não saía com frequência, mas quando isso acontecia sempre dava um jeito de contratar a babá mais irritante que pudesse encontrar para ficar com Amanda.

Amanda já tinha idade suficiente para ficar sozinha em casa. Babás eram para bebês (o próprio nome já dizia), e ela não era mais bebê fazia anos. Além disso, não estaria sozinha, né? Ficaria com Rodger.

Mas era sempre a mesma coisa: Amanda apresentaria seus argumentos com clareza, inteligência e educação, mas no fim teria de ficar com a babá.

– Até parece que ela não confia em mim – Amanda disse para Rodger. – A culpa é toda sua.

– Quê? – exclamou Rodger, incomodado com a acusação.

– Ora, foi *você* quem quebrou o vaso dela jogando bola na sala de jantar naquele dia.

Rodger ficou boquiaberto.

– Em primeiro lugar – ele começou, contando nos dedos para verificar se teria argumentos suficientes –, era um *jarro* e não um vaso; segundo, foi você, não eu, quem jogou a bola; terceiro, era uma *laranja*, e não uma bola; quarto, você falou que era uma *granada de mão*, e não uma laranja...

– E quinto – ela interrompeu –, eu falei para ela que foi *você*, Rodger, porque você é meu fiel escudeiro e levou a culpa. Se ela tivesse ficado brava comigo, eu não ia poder comer hambúrguer na sexta-feira. Já agradeci você por isso?

Rodger estava confuso, mas isso não era incomum. Ele coçou o cotovelo.

A campainha tocou.

Eles desceram a escada correndo e viram a mãe de Amanda abrir a porta para uma adolescente bem alta. Estava debaixo de chuva, sob a proteção de uma sombrinha preta, falando bem alto ao celular.

– É, então, eu acabei de chegar – ela falou para quem quer que estivesse do outro lado. – Preciso desligar, certo? A gente se fala mais tarde, viu? Beijo! – ela fez uns barulhos de beijinhos para complementar a despedida.

Amanda olhou para Rodger, segurando o riso.

– Você tem o número do meu celular, né? – perguntou a mãe de Amanda. – Volto lá pelas dez. Muito obrigada por ter vindo assim tão em cima da hora – ela se virou para Amanda e falou: – E você, trate de obedecer a... Oh, desculpa, como é o seu nome mesmo?

– Marisol, mas todo mundo me chama de Sol.

– E isso lá é nome de gente? – murmurou Rodger.

Amanda deu uma risadinha, e sua mãe imediatamente a repreendeu: – Comporte-se.

– Não fui eu – explicou Amanda. – O Rodger disse uma coisa engraçada, só isso.

– Ah, sim – disse sua mãe. – A Amanda tem um amigo chamado Rodger, mas não se preocupe, ele não dá trabalho.

– São duas crianças? – questionou Sol. – Você me disse que era uma só.

– Ah, não – a sra. Mexilhão deu risada. – Não precisa se preocupar. Rodger é *imaginário* – ela disse essa última palavra em um cochicho, mas todo mundo conseguiu escutar.

– Mãe! – reclamou Amanda. – Ele está bem aqui e tem sentimentos, sabia?

A sra. Mexilhão ficou olhando para a filha por um momento, notando seus braços cruzados e sua testa franzida, e falou: – Desculpe, querida, não foi essa a minha intenção.

– Bom, não é para mim que você precisa pedir desculpas, né?

Amanda só descruzou os braços depois de sua mãe dizer para o espaço vazio que seu amigo ocupava: – Desculpe, Rodger.

– Desculpas aceitas – respondeu Rodger.

– Ele disse que perdoa você – informou Amanda.

Depois de fazer uma xícara de chá, Sol perguntou: – E, então, onde ficam os biscoitos?

Estavam os três sentados à mesa da cozinha. O tempo estava quente, e a porta dos fundos estava aberta. Apesar da chuva lá fora, não era uma noite fria. O ar parecia limpo e carregado de eletricidade. A tempestade tinha encerrado uma tarde úmida e suarenta e, apesar das nuvens baixas e escuras e dos trovões retumbando a distância, era uma chuva bem-vinda e refrescante.

– Naquele pote – informou Amanda, apontando com o dedo. – A mamãe só deixa a gente comer dois por vez.

A babá apanhou o pote de biscoitos, pôs na mesa e levantou a tampa.

– Certo, então dois para você – ela falou, pegando outros dois com os dedos compridos. – E dois para mim.

Sol recolocou a tampa no pote.

– E os dois do Rodger? – questionou Amanda.

– Rodger? – perguntou a garota, confusa.

Amanda revirou os olhos antes de responder. – Sim, Rodger. A mamãe *sempre* dá dois biscoitos para ele também, porque ele está em fase de crescimento e precisa de vitaminas.

Ela deu um tapa na mesa e começou a rir quando se lembrou. – Claro! Seu namorado imaginário. Quando eu era...

O que Sol disse depois foi totalmente ignorado. Amanda cuspiu o pedaço de biscoito que tinha na boca na toalha de mesa.

– Ele não é meu namorado – ela retrucou, parecendo indignada com a ideia. – Eca, *argh*, ai.

Ela levou as mãos à boca como se pudesse expulsar o gosto amargo que estava sentindo com esse gesto.

Rodger estava sentado em sua cadeira, olhando para Amanda. Ele também não gostou da ideia, mas considerava aquele teatro todo *completamente* desnecessário.

– Se acalma – ele falou.

Amanda o encarou, perplexa.

– Se acalma? – ela repetiu como se não estivesse acreditando no que ouviu.

– Mandinha e Roger são namoradinhos – Sol cantou entre um gole e outro de chá. – Só falta dar um beijinho...

– Esse não é nem o nome dele – esbravejou Amanda, olhando feio para a babá.

– Oi?

– Não é *Roger* – ela disse, com firmeza. – É *Rodger*. E é mais fácil eu cair morta agora mesmo do que a gente se beijar.

Sol ficou olhando para Amanda por um bom tempo antes de baixar a caneca. Aparentemente, a babá estava ficando sem jeito.

– Tudo bem, então – ela se limitou a dizer.

– Humm – Amanda bufou e cruzou os braços. – Nunca se esqueça disso. O Rodger não é meu namorado. E você ainda não deu os biscoitos *dele*.

Sol abriu o pote e pegou mais dois biscoitos. – Onde eu coloco?

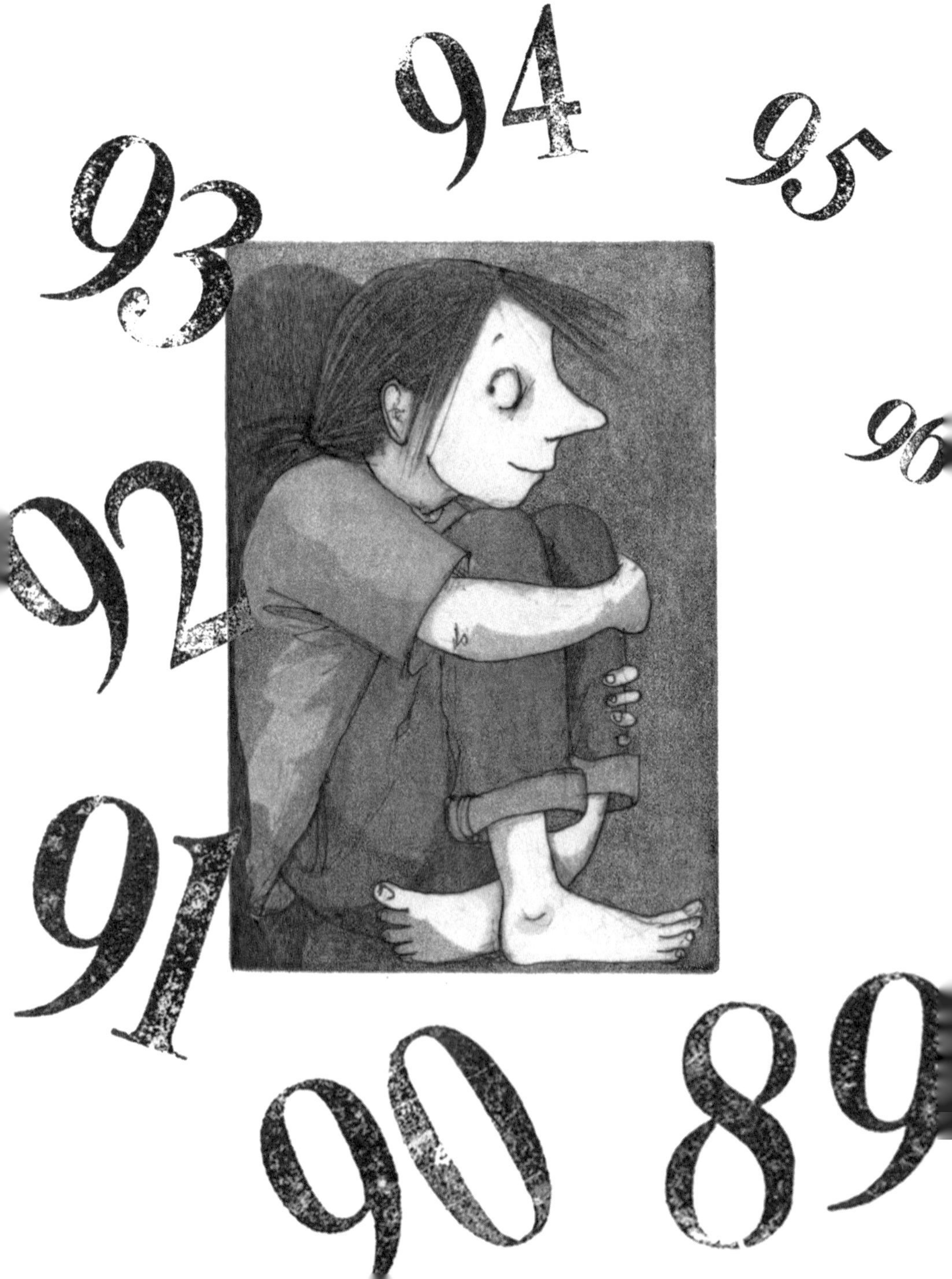
93
94
95
96
92
91
90
89

– Na verdade, o Rodger nem gosta muito de biscoitos – respondeu Amanda. – Pode deixar que eu guardo para ele.

Ela guardou os biscoitos em um lugar bem seguro. Seu estômago.

Dez minutos depois, Sol estava de pé no corredor com os olhos fechados. E contando.

No andar de cima, Rodger foi se enfiar dentro do guarda-roupa, o mesmo no qual havia aparecido. Ele sabia que esse seria o primeiro lugar onde Amanda o procuraria, mas dessa vez não era ela a encarregada de encontrá-lo.

No andar de baixo, Amanda foi na ponta dos pés até o escritório e se encolheu no espaço sob a mesa, onde normalmente ficavam as pernas de sua mãe. Ela puxou a cadeira para junto de si para se esconder totalmente das vistas. Sentada com os joelhos sob o queixo e as costas apoiadas contra a madeira, manteve-se imóvel como uma gárgula subterrânea e esperou.

– Noventa e oito... noventa e nove... cem! – Sol gritou do corredor. – Lá vou eu!

Amanda ficou escutando a busca silenciosa da babá. Conseguia até imaginar a expressão no rosto da garota. Ela iria para o andar de cima ou procuraria primeiro no de baixo? Iria para a cozinha ou para a sala de estar? Procuraria atrás do abajur ou debaixo da mesa? Por onde começaria sua procura?

O estômago de Amanda se revirou de ansiedade. Ela ouviu os armários da cozinha sendo abertos e fechados um atrás do outro, e

então a porta do depósito debaixo da escada deu seu rangido habitual. Sol estava se esforçando. Isso era bom.

Depois de alguns instantes de silêncio, Amanda ouviu os passos da babá se aproximando. Por entre as pernas da cadeira de sua mãe, viu a silhueta da garota diante da porta. Sol estendeu a mão e acendeu a luz.

Amanda teve de se esforçar para não se encolher ainda mais para o fundo da mesa. Qualquer barulho naquele momento seria um desastre. "Fica paradinha", ela pensou consigo mesma. "Bem paradinha."

Sol deu uma espiada nas estantes de livros e, então, abriu a primeira gaveta do arquivo da sra. Mexilhão. Amanda não estava escondida ali. Ela deu um passo até o meio da sala.

Amanda estava vendo as pernas dela, girando lentamente sobre si mesmas. Ela pensou melhor sobre o escritório. Não havia armários para se esconder, nem um cesto de roupa suja, nem uma poltrona para uma garotinha se agachar atrás. Na verdade, Amanda se deu conta, desolada, que o único lugar do cômodo que proporcionava algum esconderijo era onde ela estava. Até mesmo Sol se daria conta disso mais cedo ou mais tarde.

E, então, a campainha tocou.

E Sol saiu do escritório para ir atender.

Um trovão de balançar as janelas retumbou quando Amanda saiu de baixo da mesa. Sua perna estava começando a ficar dormente. Era uma boa chance de ficar numa posição mais confortável, enquanto a babá estava distraída.

– Desculpe incomodar, mocinha – disse uma voz masculina vinda do fim do corredor. – Meu carro quebrou bem... ali. Está uma chuva terrível... meu telefone está fora do ar... você pode me fazer o favor de me deixar usar o seu?

– Humm – disse Sol, com uma insegurança perceptível na voz. – Bom, a casa não é minha. A sra. Mexilhão, ela não está. Eu sou apenas a babá. Não sei se posso...

– Ah, eu entendo. Sério mesmo, eu... já estive nessa situação antes e... um estranho batendo na porta é meio assustador. Mas... só vai levar um instantinho. Sério... Me salve, mocinha. Que mal...

Amanda não estava conseguindo ouvir direito, porque a chuva começou a bater com mais força na janela do escritório, mas ficou com a estranha sensação de reconhecer aquela voz. Não era uma voz conhecida, como a dos amigos de sua mãe ou dos vizinhos, mas...

– Então – respondeu Sol. – A casa não é minha, e eu...

– Claro, claro, eu entendo. Sem problemas... Estou vendo as luzes acesas na casa ao lado. Vou até lá. Boa noite.

– Certo, tudo bem. Boa noite.

A porta da rua se fechou, e o som da chuva caindo no jardim foi abafado. Ainda assim, aquela voz continuava reverberando na mente de Amanda. Ela não sabia a quem associá-la. Era uma coisa bem irritante, mas o homem não estava mais lá, então isso não fazia diferença.

E então as luzes se apagaram.

Dois minutos antes, Rodger tinha saído do guarda-roupa. Da janela do quarto de Amanda dava para ter uma boa visão do jardim da frente. Ele subiu na cama dela, tomando cuidado para não fazer barulho, e encostou a testa no vidro frio.

Era incrível como estava escuro lá fora. Como se a noite tivesse chegado mais cedo, na forma de nuvens negras enormes, que despejavam todo seu conteúdo furiosamente sobre as ruas da cidade.

Ele olhou para baixo. Dava para ver a passagem cimentada do jardim, e a luz do corredor escapando para fora da casa. Havia uma sombra com forma de gente sobre o pavimento, mas a pessoa em si não estava à vista, pois estava bem perto da porta. Rodger precisaria abrir a janela e se inclinar para fora, e não estava *tão* curioso assim, principalmente depois que uma rajada de vento arremessou as gotas de chuva com força contra o vidro.

Rodger deu um pulo de susto, caindo em cima da cama. Ficou atordoado por um instante, e em seguida ouviu a porta da rua se fechando lá embaixo.

Ele se inclinou para a frente outra vez. A chuva batia contra a janela, mas mesmo assim ele conseguiu enxergar um vulto voltando para a calçada pelo caminho cimentado do jardim. Era um homem grandalhão, isso Rodger conseguiu ver. Estava protegido sob um guarda-chuva, aparentemente vestia uma bermuda.

Quando chegou à calçada, virou-se de novo para a casa e ficou parado ali, como se esperasse alguma coisa.

"Que estranho", pensou Rodger.

E então as luzes se apagaram.

No andar de baixo, Sol gritou no corredor escuro: – Ei, Mandinha! Nada de entrar em pânico. É só uma queda de energia. Não precisa se preocupar. Cadê você?

Com ou sem queda de energia, Amanda não ia cair na besteira de revelar seu esconderijo. Ela ficou quietinha onde estava, sem dizer nada.

– Vou pegar meu telefone. Para usar como lanterna – falou Sol.

Amanda ouviu o baque surdo de algo caindo no chão, provavelmente o tal celular. A babá claramente tinha a mão mole. Amanda fingiu não ouvir o palavrão que ela falou em seguida.

– Ei, cadê você? – murmurou Sol, com um tom de irritação.

Amanda não conseguia ver através das paredes nem enxergava no escuro, mas era capaz de imaginar Sol engatinhando pelo chão do corredor, procurando o celular. Talvez ela *devesse* sair de baixo da mesa e ir ajudá-la a encontrar o telefone. Mas assim ela perderia a brincadeira, e Amanda não gostava de perder. Ela resolveu não sair de seu lugar e, logo em seguida, ficou contente por ter tomado essa decisão.

A luz oscilante de um raio invadiu o escritório e, por entre as pernas de madeira da cadeira, por uma fração de segundo, ela viu duas pernas pálidas plantadas no meio do cômodo.

E então ficou tudo escuro de novo.

Amanda soltou um suspiro de susto diante da visão inesperada, levando imediatamente a mão à boca. Sua cabeça ficou a mil. "Fica quietinha, bem quietinha", ela pensou consigo mesma.

A chuva batia com força nas janelas, e Sol ainda estava engatinhando no corredor à procura do celular. (Amanda ouviu quando ela bateu com a cabeça na mesinha onde ficavam as correspondências.)

Ela esperou pelo trovão e pelo próximo relâmpago, prendendo a respiração. Não ousava nem se mexer. A única coisa que concluiu a partir do que tinha visto era que *não conhecia aquelas pernas*. Não eram as de Sol, não eram as de Rodger, não eram da gata e não eram dela. E não havia mais ninguém em casa. Ou melhor, *não era* para ter mais ninguém em casa.

Levando em conta todas as pernas possíveis, as mais parecidas com aquelas eram as suas. Meias brancas, vestido preto e sapatos pretos de fivela. Amanda não usava sapatos de fivela, a não ser para ir à escola. E naquele momento ela estava sem *nada* nos pés.

– Amanda! Vem me ajudar a procurar o meu celular! Acho que caiu embaixo de alguma coisa. Você sabe onde tem uma lanterna?

A luz de um relâmpago iluminou o recinto, e logo em seguida a casa inteira se sacudiu com o retumbar de um trovão poderoso, o mais forte até então, e o mais próximo também.

Amanda estava olhando para o lugar exato onde estavam as pernas, mas dessa vez não viu nada. Elas tinham desaparecido.

Em vez disso, entre as pernas da cadeira havia um rosto. Um rosto pálido de menina, com cabelo liso e preto caído dos dois lados. Um rosto tristonho e severo, com uma boca bem miudinha, olhando diretamente para ela.

E então ficou tudo escuro de novo.

Amanda fez algo inesperado até para si mesma, algo que não combinava em nada com sua personalidade: ela gritou. Sem pensar duas vezes, deu um chute na direção da cadeira, bem no lugar onde a menina estava agachada.

"Que coisa ridícula", ela pensou mais tarde, gritar daquele jeito – gritar como uma garotinha –, sendo que a única coisa que havia visto fora um rosto surgir no meio da escuridão, e talvez nem isso. Tinha acontecido tudo tão depressa, dava mesmo para dizer que aquilo era um rosto? (A resposta para isso, depois de pensar um pouco, foi sim.)

Em questão de segundos, Sol apareceu no escritório, derrubando o cestinho de lixo e soltando outro palavrão. Ia com o celular à sua frente, e a tela iluminava o cômodo com um brilho azulado.

E não havia mais ninguém ali.

Sol afastou a cadeira da mesa e estendeu a mão para ajudar Amanda a se levantar.

Havia com certeza apenas duas pessoas no escritório. Amanda olhou ao redor, e Sol apontou o celular em todas as direções.

– Tinha uma menina aqui – Amanda falou, ofegante.

– Bom, agora não tem mais – respondeu Sol, pondo a mão em seu ombro. – Deve ter sido sua imaginação. Por estar no escuro, e num momento *inesperado*. As quedas de energia são meio assustadoras mesmo. Pronto, pronto – ela acariciou a cabeça de Amanda, o que em qualquer outra ocasião a teria deixado furiosa. Naquele momento, porém, ela nem percebeu, pois estava ocupada demais pensando.

Amanda sabia que não era sua imaginação (ou poderia ser?), mas ficou sem saber o que dizer. Seu cérebro estava se expandindo pela casa, se perguntando onde a menina poderia estar, e nesse momento ela se lembrou de Rodger.

No andar de cima, Rodger ainda estava no quarto. Assim como os meninos de verdade, ele não enxergava no escuro.

Quando ouviu o grito de Amanda, ele saiu correndo para a porta, que se destacava como um retângulo mais escuro que o restante da parede. Antes que ele chegasse lá, porém, um terceiro raio iluminou o quarto, lançando sua luz pelas janelas, e ele a viu.

A menina. Com seu cabelo preto, liso e comprido, o vestido preto, as meias brancas e os olhos tristes semiescondidos.

Ele a reconheceu pela descrição de Amanda. Era a amiga imaginária do homem que veio fazer uma pesquisa naquela tarde. Sem dúvida nenhuma.

Mesmo se Amanda não tivesse dito quem era ela, Rodger saberia. Ele não sabia explicar como, não sabia o que a denunciava, o que exatamente o levou a essa conclusão, mas dava para ver que ela não era *real*. Ou, então, ele estava simplesmente reconhecendo alguém que era sua semelhante.

No entanto, ele só conseguiu vê-la por uma fração de segundo, só o suficiente para saber de quem se tratava. A escuridão logo voltou, e ele deu alguns passos para trás.

Ela deve ter vindo correndo em sua direção, porque duas mãos geladas o agarraram pela camiseta e o empurraram para dentro do

quarto. Ela era mais forte do que parecia. Até mais do que Amanda. (Às vezes as discussões com Amanda se transformavam em duelos de luta livre, e Rodger sempre perdia, em parte porque ela era bem forte para uma menina, mas também porque ela sempre trapaceava.)

Ele tropeçou na borda do tapete, e os dois foram ao chão, com ela caindo por cima. O cabelo dela caiu sobre seu rosto como teia de aranha, e ele tentou soprá-los para longe.

– Sai de cima – ele falou, ofegante. – Me larga.

Ela saiu de cima dele, mas não o largou.

A garota se equilibrou e se pôs de pé, tudo isso na escuridão, e o empurrou na direção da janela. Sua camiseta quase saiu enquanto ele era arrastado pelo chão, junto com o tapete.

Mais um relâmpago cortou o céu, e ao olhar para cima ele viu um braço pálido e o cabelo liso e preto. Não enxergou o rosto dela (estava virado para o outro lado), mas sentiu que havia algo de muito errado naquela menina.

E não só por tê-lo atacado, derrubado e arrastado pelo chão. Isso tudo, obviamente, era errado e inesperado, mas além do rumo assustador e bizarro que aquela tarde havia tomado tinha algo mais. Ele sentia isso em seu coração, que estava batendo mais devagar, e não mais rápido, além de um frio na espinha difícil de explicar. Aquela menina parecia muito *errada*.

Ela o jogou na cama de Amanda e finalmente o soltou. Ele conseguia vê-la agora, na frente da janela, sob a luz fraca e alaranjada do poste. Ela estava mexendo no fecho da janela com a ponta dos dedos.

Ela sibilou, e então houve um *clique*, e em seguida a menina estava abrindo a janela, e um jato de água de chuva o atingiu dentro do quarto.

– Socorro! – ele gritou, rolando para fora da cama. – Amanda!

Enquanto ele gritava, uma luz diferente surgiu na janela, cruzando a parede do quarto, e ele ouviu o som de um carro dando ré, e logo depois o silêncio do motor desligado.

O único ruído era o da chuva lá fora.

A menina sibilou outra vez, e eles ouviram o som de uma porta de carro se abrindo.

Ela se virou para ele. Como ela estava de costas para a janela, contra a luz, ele não conseguia ver seus olhos, mas dava para sentir toda a frieza de sua encarada mesmo sem enxergar. Os joelhos dele tremeram.

Houve um zumbido no ar, um movimento logo atrás dele, e então Rodger ouviu o som de uma chave abrindo a porta da frente.

As luzes se acenderam na casa toda: no corredor, no escritório, na cozinha e no patamar da escada.

Um facho de luz entrou no quarto de Amanda. Um retângulo iluminado se instalou no carpete e subiu na cama.

Rodger olhou ao redor por um momento, como se a luz fosse uma amiga sua e ele a estivesse procurando para cumprimentá-la, e nesse momento algo pareceu sair de cima dele. Não era uma coisa sólida, que tivesse peso, mas alguma coisa se foi – uma preocupação, uma dor, um medo –, e quando se virou para a janela a menina havia desaparecido. Só o que ele viu foi a noite e a chuva.

– Cheguei – gritou a sra. Mexilhão quando abriu a porta da rua. – Amanda? Marisol? A chuva está muito forte. Ruth não quis deixar Simon sozinho, aquele cachorro idiota, e o sr. Totti ficou com medo de que a Rua dos Bispos alagasse outra vez, então a reunião foi adiada, o que é uma bobagem, porque...

– Mãe! – Amanda falou, indo correndo para o *hall* de entrada. – Teve uma queda de energia, e ficou tudo escuro, e tinha uma menina no seu escritório que era muito assustadora e...

– Mais devagar, querida – sua mãe pediu, pendurando o casaco no cabide ao lado do radiador. – O que está acontecendo?

Sol apareceu no corredor.

– Oi, sra. Mexilhão. A gente estava brincando de esconde-esconde e teve uma queda de energia, só isso. A Amanda estava lá no escritório e teve a impressão de que viu alguma coisa durante um raio. Levei um tremendo susto com o grito dela...

– Eu *não* gritei – interrompeu Amanda, defendendo furiosamente sua honra. – Eu não sou medrosa.

– Claro que não, querida – falou sua mãe, sentando-se na escada e puxando Amanda para junto de si para abraçá-la.

Amanda tentou resistir.

– Tinha uma menina mesmo. A mesma que eu vi hoje à tarde, quando aquele...

– Ah! Sua imaginação vai longe às vezes, né?

– Não, mãe – protestou Amanda. – Não foi minha *imaginação*, eu vi mesmo, ela estava...

– Não tinha ninguém lá – garantiu Sol, interrompendo. – Nós procuramos pela sala toda, e não tinha nenhum lugar para se esconder lá... a não ser... a não ser debaixo da mesa.

Amanda cerrou os dentes, preocupada. Ela sentiu um frio na barriga.

– E era *lá* que a Amanda estava escondida! A-há! Peguei você!

– Assim não vale – esbravejou Amanda. – Você não me achou. Não mesmo. Fala para ela, mãe.

– Eu ajudei você a sair de baixo da cadeira. Puxei você para fora do esconderijo. *Com certeza* encontrei você. Eu ganhei.

– Isso não é justo – reclamou Amanda. – Vou procurar o Rodger.

Rodger estava sentado na cama desfeita. Havia fechado a janela, mas sua camiseta ainda estava amarrotada e bagunçada, e seu cabelo parecia estranhamente espetado. Assim que viu Amanda, ele falou: – Você não vai acreditar no que aconteceu. As luzes todas se apagaram, e apareceu aquela menina. A que você viu com aquele homem. A *imaginária*.

– É, eu sei – disse Amanda, como se aquilo fosse notícia velha. – Ela apareceu lá embaixo.

– Ela me atacou – contou Rodger. – Tentou me arrastar pela janela...

Apesar de estar olhando para ele, Amanda não estava escutando de verdade. A babá tinha trapaceado. Aquela injustiça dominava seus pensamentos.

– Sabe o que aconteceu? – ela rebateu, ignorando o relato de Rodger. – Aquela Sol acha que me encontrou, sendo que fui eu quem saí do esconderijo. Dá para acreditar?

Rodger ficou parado de boca aberta por um momento antes de questionar: – Você ouviu o que eu falei? Aquela menina assustadora e cabeluda me *atacou*. Foi horrível! As mãos dela eram...

– Ah, para com esse exagero. Você faz escândalo por qualquer coisa. Ela apareceu lá embaixo, e nem era *tão* assustadora assim.

– Aposto que ela não encostou em você, então – Rodger estremeceu só de lembrar. – Aquelas mãos. Eca! Eram frias e molhadas. Tudo errado. Um horror.

– Rodger – Amanda falou, parecendo chocada. – Você derrubou meu cofrinho.

Rodger nem tinha percebido. O cofrinho, em forma de uma caixa de correio vermelha, tinha sido um presente da vovó e do vovô Mexilhão. Estava caído no chão, quebrado, e as moedas estavam todas espalhadas.

– Desculpa – ele murmurou. – Acho que foi ela que derrubou quando subiu na janela.

– Sei – falou Amanda, ignorando a explicação e dando as costas para ele. Ela se ajoelhou na beirada da cama e começou a recolher o dinheiro.

Rodger ficou só olhando, sentindo seu coração disparado dentro do peito. – Eu poderia ter sido arrastado pela janela – ele comentou sem muito ímpeto, observando enquanto ela pegava as moedas. – Sequestrado por uma menina-fantasma imaginária e você... você não está dando a menor bola para mim.

Rodger estava irritado. Louco de raiva. Considerava Amanda sua melhor amiga, e ela não queria nem escutá-lo. Ele passou pela experiência mais assustadora de sua curta vida (dois meses, três semanas e um dia), e ela estava preocupada com o quê? Algumas moedas caídas e uma brincadeira idiota de esconde-esconde. Não era assim que uma amiga deveria se comportar, certo? Ela deveria dizer que sentia muito e perguntar o que poderia fazer para ajudá-lo a se sentir melhor. Em vez disso, ela recolheu as últimas moedas e empilhou-as no criado-mudo antes de se virar para ele e abrir o tipo de sorriso que uma aranha arreganharia para uma mosca indefesa.

"E essa agora?", ele pensou.

– Encontrei você – falou Amanda, apontando para ele. – Que lugar mais bobo para se esconder. Amanda venceu!

Ela ergueu o punho no ar, como se tivesse marcado um gol.

– Espera aí, isso não é justo – protestou Rodger. – Eu não sabia que ainda estava valendo.

– Eu não disse que *não estava* mais valendo – explicou Amanda. – Então, eu ganhei.

– Para mim já chega – ele falou. – Vou para o meu guarda-roupa.

Ele atravessou o quarto, entrou no guarda-roupa e fechou a porta. "Isso vai ensinar uma lição para ela", Rodger pensou.

QUATRO

— A gente pode ir nadar hoje, mãe? — Amanda perguntou na manhã seguinte.

Ela apontou com a colher para a janela. A chuva tinha parado, mas a manhã ainda estava nublada, com água acumulada em poças enormes e gotas ainda caindo das calhas entupidas.

— Não dá para brincar no quintal, e eu e o Rodger não nadamos faz um tempão.

Rodger a encarou. Pelo jeito, Amanda não percebeu que ele não estava falando com ela.

— Acho que sim — respondeu sua mãe. — Estou precisando mesmo ir até a cidade, então de repente nós podemos...

— Legal!

Depois de mastigar ruidosamente a última colherada de seu cereal, Amanda ficou de pé em um pulo e foi correndo lá para cima.

Sua mãe recolheu as tigelas dos dois, colocando a de Rodger por cima. Ela virou na lixeira o cereal intocado que deixou para ele.

Esfregando os olhos com uma expressão de cansaço, ela pôs as tigelas dentro da pia, abriu a torneira quente e jogou um pouco de detergente na água.

Rodger foi esperar no *hall* de entrada.

Ele ensinaria uma lição para Amanda. Enquanto ela não percebesse que ele estava chateado e não pedisse desculpas, as coisas entre os dois não voltariam a ser como antes.

Era esse seu plano, e ele não voltaria atrás.

Ela desceu correndo a escada com um brilho nos olhos e uma mochila nas mãos.

– Peguei meu maiô, meus óculos de natação, toalhas e um short para você. Vamos ver se a mamãe já está pronta.

Rodger não respondeu, mas a essa altura Amanda já estava na cozinha.

O problema de Amanda, concluiu Rodger, é que ela não se dá conta de nada.

Não se deu conta do medo que ele sentiu na noite anterior, não se deu conta de seu silêncio naquela manhã. Ela estava em seu próprio mundo, tagarelando sobre tudo que se passava em sua cabeça como se Rodger estivesse ligado em cada palavra – e ele estava, mas esperando por um pedido de desculpas. Mas, por mais que ele escutasse, nenhuma das centenas de palavras que ela lançava no ar era a que Rodger queria ouvir.

Apesar de o silêncio ser uma coisa que não se pode medir, Rodger ficava ainda mais silencioso a cada momento. Só porque ela o havia imaginado, isso não significava que podia ignorar seus sentimentos.

Ele cruzou os braços e olhou pela janela.

Na calçada do outro lado da rua, sob a árvore do vizinho da frente, ele pensou por um instante ter visto duas pessoas ali paradas, mas a mãe de Amanda manobrou o carro e arrancou, tirando-os de seu campo de visão. Quando ele se virou para olhar pela janela traseira, eles não estavam mais lá.

Seria melhor contar para Amanda? Mas o que ele poderia dizer? Ela ia rir da sua cara. Se ela não havia visto, talvez eles não estivessem lá. Ela estava sempre atenta a tudo – a não ser, ele se corrigiu, quando não estava. Rodger se manteve em silêncio.

Pensando bem, concluiu ele, *poderia* ter sido só uma ilusão de ótica, ou um eco da lembrança da noite anterior. Ele não havia dormido muito bem, ficou se virando de um lado para o outro no guarda-roupa. Rodger bocejou bem alto.

– Eu sempre preferi o nado de costas, porque entra menos água nos olhos – Amanda ia dizendo, sem se dar conta de nada além do som da própria voz. – Sempre achei que deviam pintar uns desenhos no teto,

ou histórias em quadrinhos para a gente ler enquanto nada. Você não acha?

Ela continuou falando com Rodger, mesmo ele estando com os braços cruzados e o rosto voltado para a janela.

– Eu devo ser a quarta melhor nadadora da minha classe. O Vicente é melhor que eu, porque tem as pernas compridas, e a Tânia tem cara de peixe, por isso é melhor que quase todo mundo. E eu nunca vi o Moisés nadar, então não sei se é melhor que eu. Pode ser que eu seja a terceira melhor. O que você acha, Rodger?

Houve um instante de silêncio enquanto Amanda aguardava a resposta de Rodger, que não veio, mas em seguida ela voltou a falar.

– O que eu mais gosto é do cheiro. Meio estranho, né? E o barulho. Parece uma igreja cheia de água, ou uma estação de trem, sei lá. Tem *eco*. E o cheiro é esquisito, mas é bom. Tem gente que não gosta. A Júlia diz que faz os olhos dela arder, mas isso sempre acontece com ela, porque é alérgica a amendoim.

Rodger estava *irritadíssimo* com ela. A raiva estava se acumulando, e ele sentiu que seus ouvidos podiam estourar a qualquer momento, lançando jatos de vapor. E só o que ela fazia era continuar tagarelando.

– Você não vai nem pedir desculpas? – ele questionou quando ela finalmente parou para respirar.

Amanda se virou para encará-lo, boquiaberta.

– Do que você está falando? – ela perguntou em um tom de voz mais baixo, para que sua mãe não ouvisse. – Como assim, pedir desculpas?

Foi a vez de Rodger ficar de queixo caído. Depois de tudo aquilo, depois de uma manhã inteira de silêncio e mau humor, ela *ainda* não sabia por que ele estava chateado. Não tinha nem se dado conta disso.

– Que foi? – ela murmurou.

– Ontem à noite – ele respondeu.

– Ah, aquilo! – Amanda fez um gesto com a mão. – Eu já perdoei você faz um *tempão*.

Rodger começou a bater o pé no chão, frustrado.

– Não, não, não – ele falou, cerrando os dentes. – Isso não é justo. Não é *você* quem precisa me perdoar. Não é assim que as coisas funcionam.

– E como você sabe como as coisas funcionam? – questionou Amanda, entediada com aquela conversa. – Você é o *meu* amigo imaginário, Rodger, e não o contrário. Eu estou viva há um *tempão*, muito mais que você, que só tem dois meses, três semanas e dois dias. Você não sabe de *nada*. Se não fosse eu para dizer como funcionam as coisas o tempo todo, você provavelmente ia... sei lá, desaparecer ou coisa do tipo.

– Está tudo bem aí atrás, querida? – a mãe de Amanda perguntou, olhando por cima do ombro.

– Está, sim, mãe – Amanda respondeu, sorridente.

– Isso não é verdade. Não dá para eu desaparecer – rebateu Rodger, não muito convicto.

– É verdade, sim – sussurrou Amanda.

– Humpf.

A mãe de Amanda parou o carro. Eles tinham chegado ao clube.

– Não esqueça de pegar a bolsa, querida.

Amanda soltou o cinto de segurança, apanhou a mochila dos pés e abriu a porta do carro. Ela desceu. Rodger deslizou no assento e saiu pela mesma porta. Eles ficaram parados no estacionamento entre dois carros.

– Espere um pouco aqui, Amanda. Fique de olho no carro para mim. Eu só vou até ali pegar um cupom de estacionamento.

A sra. Mexilhão pôs a bolsa no ombro e foi até a máquina pagar o estacionamento.

Rodger saiu do meio dos carros. A discussão entre os dois, na qual ele tinha toda a razão, havia sido interrompida, mas isso não significava que estivesse encerrada.

– Se é isso que você acha, então vamos fazer um teste – ele falou, se referindo ao fato de que iria desaparecer sem Amanda por perto para imaginá-lo. – Vou ficar longe por um tempo e mostrar que não preciso de você coisa nenhuma – ele atravessou a passagem e foi ficar entre os carros do outro lado, erguendo as mãos para que ela pudesse ver. – Olha só, ainda não estou desaparecendo.

– Não seja bobo, Rodger – falou Amanda, fazendo um gesto para ele com a mão. – Volte aqui.

– Só depois de você pedir desculpas.

Amanda suspirou. Respirou fundo. Ela não queria perder Rodger. Vicente e Júlia eram bons amigos, mas Rodger era seu melhor amigo. Era o único com quem ela podia compartilhar suas aventuras malucas. Só com um amigo imaginário era possível fazer isso. Os outros tentavam, mas só conseguiam *fingir*. Com Rodger era tudo real.

– Desculpa – ela falou. – Eu sinto muito ter deixado você chateado.

E então, em um gesto rápido e imprevisível, o tipo de movimento que a tinha salvado de tigres e alienígenas várias vezes naquelas férias, ela saiu correndo do meio dos carros parados com a intenção de dar um soco de brincadeira no braço de Rodger ou coisa do tipo (ela não era do tipo de menina que dava abraços).

Ela chegou até ele em uma fração de segundo antes de um carro azul antigo cantar pneus, fumegar e parar exatamente no lugar por onde Amanda passou. Se ela tivesse ido mais devagar, ou atravessado um instante depois, estaria esmagada no chão do estacionamento, derrubada e atropelada pelo carro enquanto corria até Rodger.

Seu coração estava acelerado como nunca, batendo com força em seu peito. Nem tinha sido uma corrida tão longa assim, só alguns metros, mas ela estava estranhamente sem fôlego.

Ela ficou toda gelada, como se o sol de repente tivesse se escondido atrás de uma nuvem. Olhando para cima, ela viu que o sol estava de fato escondido atrás de uma nuvem.

– Ei, Amanda – falou Rodger, envolvendo-a com um dos braços. – Aquele carro... aquele carro quase atropelou você.

– Garotinha – disse o motorista ao descer, com a preocupação perceptível na voz. – Eu nem vi de onde você saiu. Que susto, foi um susto terrível. Você está bem? Está intacta? A sua mãe está aqui perto?

Rodger e Amanda ergueram a cabeça ao mesmo tempo, e viram o homem alto e careca com uma das mãos na porta aberta do carro. Seu bigode ruivo se agitava a cada palavra, e a camisa estampada havaiana não parecia combinar em nada com uma manhã tão nublada e úmida.

– É ele, não é? – perguntou Rodger.

Amanda recuperou o fôlego e respondeu: – É – em seguida falou mais alto, para o homem: – Ela já volta, a minha mãe. Só foi até o parquímetro comprar um cupom de estacionamento. E muito obrigada por não me atropelar, mas já está tudo bem.

O homem balançou a cabeça. – Que bom – ele falou. – Fico contente que nada tenha acontecido. Não tenho a menor intenção de prejudicá-la. Na verdade, não tenho nenhum interesse em você. Mas estou vendo seu amigo – ele olhou para Rodger. (Rodger nunca tinha sido encarado por um adulto antes. Seu estômago se revirou.) – E pelo que estou vendo... – o homem, cujo nome era sr. Tordo, pelo que Amanda se lembrava, ficou na ponta dos pés para olhar por cima dos carros estacionados – ... tem uma bela fila na frente da máquina automática de emissão de cupons. Desconfio que sua mãe ainda vai demorar um pouco.

77

Rodger não sabia ao certo o que o fez se virar. Não foi o som de passos no cascalho, porque não havia cascalho por perto; não foi um cheiro carregado pela brisa, porque ela não usava perfume; também não foi um pressentimento que fez seu coração se apertar, porque... bom, *talvez* tenha sido algo parecido. Qualquer que fosse a causa, Rodger olhou para trás, para a passagem entre os carros estacionados, e foi então que a viu. Ela estava no fim da fileira de carros parados, imóvel e em silêncio. Aparentemente estava bloqueando sua única rota de fuga, mas isso não ia acontecer.

– Amanda, corre! – gritou Rodger, empurrando-a para longe do homem. – Vai ficar com a sua mãe!

Amanda logo entendeu o motivo e, sem olhar para trás, passou correndo pelo carro azul do sr. Tordo. Ela roçou o capô molhado do veículo com a mão e foi a toda velocidade até onde estava o carro de sua mãe, e em seguida partiu na direção do parquímetro. Com certeza o sr. Tordo e a menina não a seguiriam se soubessem que ela estava indo chamar sua mãe. Eles estariam a salvo com ela. Não estariam?

Mas, então, ela olhou para trás e viu que estava sozinha. Rodger não estava ao seu lado. Ela parou por um momento e viu que não havia *ninguém* ao seu lado. Ninguém a estava seguindo. Nem Rodger, nem ninguém.

Rodger empurrou Amanda e falou para ela fugir. Ele pretendia ir logo atrás e se afastar daqueles dois esquisitões, mas uma mão gelada o segurou pelo pulso antes que ele pudesse se mexer.

A menina se movia mais depressa do que parecia humanamente possível, percorreu a distância equivalente a dois carros em um piscar de olhos, e seu aperto era implacável. Ele esperneou, o que não ajudou em nada; e ela dominou seu outro pulso.

Por mais que ele resistisse, aquele toque gelado drenava suas energias, como se ela tivesse injetado nele um remédio calmante, mas de pesadelo. Como se ele fosse um peixe que ela tirou da água, fora de seu habitat e condenado a se debater inutilmente até a morte em terra firme. Ele se sentia dormente, sem energia e sujo.

Ele estava ajoelhado em uma poça. Seus joelhos estavam gelados, porém não mais que suas entranhas. Ele tentou se desvencilhar da menina, empurrá-la com as mãos e os pés, mas suas investidas, apesar de parecerem duras e violentas em sua mente, atingiam-na como uma água-viva se chocando contra o corpo de um tubarão.

E então uma sombra cobriu seu rosto.

Aquele homem, o sr. Tordo, estava ajoelhado como se estivesse amarrando os sapatos, e seu bigode se movia sem parar. Era engraçado as coisas em que as pessoas reparavam, Rodger pensou, quando se encontravam em situações como aquelas. O bigode do sr. Tordo estava se mexendo, mas ele não estava falando.

Em vez disso, ele abriu a boca, mais do que qualquer pessoa normal seria capaz, como se não tivesse articulações, como uma cobra, e um sopro quente atingiu o rosto de Rodger. Tinha o cheiro que um deserto devia ter: seco e ardido. A bocarra engoliu o ar úmido, o céu cinzento, o asfalto molhado. Abocanhou todos os sentidos de

Rodger. Com a boca escancarada daquela maneira tão estranha, Rodger viu que os dentes do sr. Tordo não eram como os de todo mundo. Eram quadrados e lisos, idênticos uns aos outros, e dispostos em um formato circular, estendendo-se até o fundo da cabeça dele em fileiras bem dispostas. Na verdade, pensou Rodger, parecia um túnel revestido de ladrilhos brancos que se estendia por uma longa distância, com uma mancha escura no fim. O final, seria de se esperar, ficava no fundo da cabeça do sr. Tordo, mas obviamente não era esse o caso, isso não fazia sentido. Por mais maluco que pudesse parecer, aquela boca se abria para *outro lugar*.

E, então, a brisa seca e ardida que tocava seu rosto desapareceu. O sr. Tordo começou a sugar, e nesse momento a menina soltou Rodger. Ele ficou deitado no asfalto, com as costas apoiadas à calota gelada da roda de um carro, e sentiu que algo o estava puxando, que estava sendo levado pelo vento.

Era como se o mundo estivesse se comprimindo e, em vez de parecer um túnel que atravessava distâncias desconhecidas, a boca do sr. Tordo ganhou o aspecto de um abismo, um buraco, um poço de cuja beirada Rodger se aproximava cada vez mais.

E então uma voz que ele conhecia e amava chamou seu nome.

Amanda viu o sr. Tordo debruçado sobre Rodger. A menina, de forma estranha e silenciosa, deu um passo para o lado, observando os dois com seu olhar vazio, mas em seguida começou a esfregar lentamente as mãos.

Amanda foi correndo até lá e chutou os tornozelos do grandalhão com a maior força de que era capaz. Duas vezes.

Ele bufou, ofegou e ergueu-se, apoiando-se no para-choque de um carro estacionado logo atrás. O veículo rangeu e oscilou sob o peso dele. O sr. Tordo se virou lentamente para encará-la, com um sorrisinho por baixo do bigode espesso.

– Você voltou, pequena Amanda – o sr. Tordo falou em um tom arrastado, horrendo. – Quanta doçura da sua parte. Quanta gentileza.

Rodger se levantou aos tropeções e, contornando as pernas do homem, agarrou Amanda pelo braço e os dois saíram correndo.

Juntos, eles correram para longe do sr. Tordo e da menina, agachando-se no meio dos carros estacionados, voltando para o lado de onde Amanda tinha vindo, na direção do parquímetro.

Amanda não ousou olhar para trás. Por uma brecha nos carros ao seu lado, ela viu um vulto escuro passando, bem veloz, em uma trajetória paralela à deles. Era a menina, ela sabia, mas desta vez Rodger estava ao seu lado, ele estava a salvo. Amanda continuou correndo. Eles precisavam chegar até onde sua mãe estava.

Um trovão retumbou acima deles, e as primeiras gotas de chuva começaram a cair. Ela e Rodger passaram pelos últimos veículos estacionados e, quando foram atravessar a passagem, um carro em movimento apareceu do nada do lado contrário. Não estava indo muito depressa, apenas circulando em busca de um lugar para estacionar, mas às vezes só isso já basta.

Rodger quicou sobre o capô e caiu no chão com um baque surdo. Ele bateu o cotovelo e esfolou o joelho, mas não doeu, não muito. Às pressas, ele ficou de pé, limpando a sujeira da calça jeans com a mão.

– Amanda – ele chamou, olhando ao redor. – Amanda?

Ela estava no chão. Tinha sido atropelada também. Sua cabeça estava no asfalto sobre uma poça escura. Os olhos estavam fechados.

O braço esquerdo estava jogado sobre a cabeça em um ângulo nada natural. Ela parecia em paz, mas bem longe do normal. Foi quando ele percebeu que não estava vendo Amanda respirar.

Ela estava respirando? Ele não sabia.

Antes que ele pudesse chegar até ela, uma multidão se formou. A motorista abriu a porta do carro, chocada, e começou a dizer: – Ela se jogou na minha frente... Não consegui parar. Ela apareceu do nada – o rosto dela estava pálido e cheio de lágrimas.

Alguém chamou a ambulância. Alguém foi escutar o peito de Amanda, tomando o pulso do braço que não estava retorcido. Alguém estava apontando para a direção da qual eles vieram correndo, dizendo alguma coisa.

A chuva estava mais forte.

E então a mãe de Amanda apareceu, às lágrimas, e ergueu-a. Alguém tentou impedi-la, avisando que ela não deveria mover Amanda, mas sua mãe se ajoelhou no asfalto, abraçou a filha e acariciou seu cabelo.

A multidão escondeu Amanda dos olhos de Rodger e, como as pessoas não conseguiam vê-lo, ele foi empurrado cada vez mais para trás.

Em seguida, a ambulância chegou, e Amanda foi embora.

CINCO

Havia um buraco no meio do corpo de Rodger. Um buraco onde ficava seu coração, ou pelo menos ele imaginava que ficasse, ou Amanda imaginava que ficasse. Ele estava oco agora, como uma lata vazia.

Quando olhou ao redor para ver onde estava, descobriu-se ainda no estacionamento. A ambulância tinha ido embora há um tempão. O sr. Tordo e a menina haviam desaparecido, assustados com a presença da multidão, talvez. E agora a maioria dos carros também não estava mais lá. Mas o carro da mãe de Amanda sim. Ela foi junto com a filha na ambulância. Ela voltaria para buscar o carro? O que as pessoas faziam quando coisas terríveis assim aconteciam?

Rodger não sabia.

Havia muita coisa que Rodger não sabia. Não sabia o caminho de casa. Não sabia se ainda tinha uma casa. Não sabia se seria bem-vindo

na casa de Amanda sem Amanda. E de que adiantaria estar lá sem Amanda para vê-lo?

O que a mãe de Amanda faria em uma casa vazia? Ficar totalmente sozinha era uma coisa assustadora. Ele pensou nas fotografias de Amanda e sua mãe na parede do corredor, e em uma de sua mãe e de seu pai antes de ele morrer, pouco antes de Amanda nascer. Ele pensou nas fotos dos avós de Amanda, e de seus tios e tias. Havia fotos de um monte de gente. E nenhuma dele. Nenhuma de Rodger.

Sem Amanda lá para vê-lo, aquela não seria mais sua casa, certo?

Ele ergueu as mãos. Não estavam transparentes, não exatamente. Ele não havia desaparecido como Amanda falou, mas sua pele estava mais pálida, menos viva do que antes. Havia algo de espectral em suas mãos. Quando ele as movia com rapidez, elas deixavam para trás uma espécie de rastro.

O dia passou sem que ele percebesse. As nuvens tinham se dissipado, e o sol estava se pondo atrás do clube. As sombras se espalhavam pelo asfalto. Enquanto ele continuasse naquele estacionamento, as lembranças continuariam se repetindo em sua cabeça como em um filme. Ele precisava sair dali. Se quisesse pensar direito, se quisesse elaborar um plano, se quisesse descobrir o que fazer em seguida, precisaria se afastar daquele estacionamento.

E, então, por precisar fazer alguma coisa e não saber o quê, Rodger saiu correndo.

Ele passou correndo pelos últimos carros e pelos últimos frequentadores que saíam do clube. (Eles não conseguiam vê-lo, mas sentiam o deslocamento de ar quando ele passava, e se perguntavam sobre o leve cheiro de pólvora no ar.)

Ele correu pelo caminho na lateral do edifício. Seus pulmões estavam em chamas e suas pernas doíam, mas ele não diminuiu o passo. O toboágua em espiral passava em cima de sua cabeça, e canteiros de flores bem cuidados adornavam o outro lado da passagem. O cascalho se movia sob seus pés. Ele se desviou de um buraco, saltou uma poça e quando viu estava correndo sobre a grama.

Atrás do clube, no final do caminho que ele atravessou correndo, ficava o parque municipal.

Era um lugar verde e amplo, e a visão de um espaço tão arejado elevou seu ânimo por um momento. Era o tipo de local que Amanda poderia imaginar, e certamente imaginaria, como um mundo completamente novo. Ele parou de correr e apoiou-se sobre os joelhos. Por mais que ele olhasse para o parque, por mais que desejasse que se transformasse em outra coisa, continuava sendo só um parque. Ele não tinha aquela fagulha que existia na cabeça dela. Não tinha a imaginação necessária para criar novos mundos.

Na verdade, ele pensou, sentindo um estranho formigamento, não tinha imaginação suficiente nem para imaginar a si mesmo.

Ele ergueu as mãos e viu o contorno das árvores através delas. Viu o verde das folhas também, meio desbotado, mas verde mesmo assim. Ele estava desaparecendo. Sem Amanda para pensar nele, lembrar-se dele, sonhar com ele, torná-lo real, ele estava se desfazendo.

Rodger estava sendo esquecido. Estava desaparecendo. Evaporando.

Ele caminhou até a sombra de uma árvore e tocou o tronco e seus relevos com a ponta dos dedos. A madeira parecia áspera, dura, rígida, mas ao seu toque era como *marshmallow*. Seus dedos mal conseguiam senti-la.

Ele desabou na grama com as costas contra o tronco da árvore. Era confortável. Como descansar em um travesseiro.

Ele estava se desfazendo por inteiro agora.

Começou a se sentir sonolento, cada vez mais.

Ele fechou os olhos.

Como seria desaparecer? Esvair-se no ar?

O tempo diria, ele pensou, em breve o tempo diria.

– Estou vendo você – disse uma voz.

Rodger olhou para cima.

Quem disse aquilo?

A princípio ele não viu o vulto preto. Estava mais escuro sob a árvore. A noite estava caindo, e o gato era só uma silhueta em forma de gato nas sombras.

Um *gato*?

Um gato estava falando com ele?

Rodger ficou em silêncio, sem saber o que poderia dizer para um gato.

– Menino – chamou o gato. – Estou *vendo* você.

Às costas de Rodger, a árvore de repente se tornou desconfortável. A maciez do tronco, de repente, transformou-se na aspereza habitual de uma árvore. Ele ergueu as mãos. Era difícil enxergar na meia-luz do fim da tarde, mas elas pareciam, e com certeza passavam a sensação de ser, mãos de verdade outra vez. Haviam perdido o caráter espectral, enevoado.

– Você consegue me ver? – perguntou ele, sentindo-se meio bobo.

– Ah, sim, estou vendo você – garantiu o gato.

– Mas ninguém consegue me ver.

– Alguém deve conseguir. Ou pelo menos conseguia. Eu conheço seu tipo. Sei o que você é.

– Quem é você? – questionou Rodger. – O *que* é você?

– Eu? Sou o Zinzan.

– Zinzan – repetiu Rodger, estranhando aquele nome incomum.

– Isso – confirmou o gato. – E você, tem nome? Eu posso chamar você só de "menino", mas existem muitos meninos no mundo, e as coisas iam ficar meio confusas.

– Meu nome é Rodger – falou ele.

– Humm.

Rodger desejou poder ver a expressão do gato. Estava escuro demais para distinguir o que quer que fosse. Sua voz parecia meio desdenhosa, um tanto *blasée*, como se ele, na verdade, quisesse estar em outro lugar, como se tivesse coisa melhor para fazer no momento. Ele não sabia se o gato estava *de fato* entediado, se tinha mesmo algo melhor para fazer ou se os gatos falavam assim mesmo. Ele nunca tinha ouvido um gato falar antes. Nem ele nem ninguém, até onde sabia.

Rodger se perguntou se alguém não estaria pregando uma peça nele, mas *quem* poderia fazer isso? Seria preciso vê-lo primeiro, e a única pessoa que o enxergava era Amanda. (E, ele se lembrou com pavor, o sr. Tordo.)

Quando pensou em Amanda, ele sentiu que estava começando a se desfazer de novo.

– Ah, não, nada disso – falou Zinzan. – Eu acredito em você, Rodger. E não vou deixar você *Sumir* assim na minha frente – Rodger reparou na ênfase que ele deu à palavra, como se fosse uma doença. – É complicado, não, nesses primeiros dias? Ser esquecido? Mas isso acontece com todos vocês, mais cedo ou mais tarde. Venha comigo. Vamos lá.

– Eu não fui esquecido – rebateu Rodger, um tanto irritado. – Esquecido, não – ele atenuou o tom de voz. Nada daquilo era culpa do gato, e além disso sua tristeza o fez medir as palavras. – Aconteceu um acidente. A Amanda foi atropelada, ela estava... – ele fez uma pausa, procurando a palavra que queria dizer, mas acabou falando outra: – ... ferida.

O gato ficou em silêncio.

– Acho que... – Rodger continuou, incapaz de dizer aquelas palavras, apesar de querer, de precisar dizê-las – Acho que ela... morreu. Ela foi levada de ambulância. E eu fiquei sozinho.

– Não – falou Zinzan, em um tom despreocupado. – Eu já vi o que acontece quando alguém morre, o que acontece com alguém como você. Eles morrem e vocês desaparecem em um estalo. Em um segundo não estão mais lá. Não, você... você só está *Sumindo*, menino, e isso significa que está sendo esquecido, só isso.

O coração de Rodger voltou a bater. – Ela está viva?

– É evidente que sim, caso contrário eu não estaria falando com você.

– Então, eu preciso saber onde ela está. Preciso ir até ela.

– E como você vai fazer isso, menino espectro? Se ficar cinco minutos sozinho vai desaparecer no vento. Não tenho tempo para procurar sua menina, mas também não vou deixar você Sumir. Eu tenho coração. Vou levar você até um lugar seguro, um lugar útil.

Depois de dizer isso, o gato se virou e saiu correndo pela grama, afastando-se da árvore sem olhar para trás para ver se Rodger o seguia.

Que escolha Rodger tinha?

Nenhuma.

Ele ficou de pé e foi atrás do gato.

Rodger seguiu o gato pelo parque, atravessou o portão e saiu para a rua.

– Ei, mais devagar – ele pediu.

O gato o ignorou.

O bichano continuou avançando rapidamente pela rua, passando despercebido por entre as pernas dos pedestres até entrar em um beco em frente a uma lanchonete mal iluminada. As luzes roxas refletiam-se nas poças na entrada da ruazinha.

Rodger seguia, apressado, atrás do gato, com medo de não o encontrar mais depois de entrar ali, e quando pisou no beco não fazia ideia se ele ainda estaria à vista ou não.

Mas o gato estava lá, sentado em cima de uma lata de lixo, esfregando as orelhas com as patas.

A luz fraca do poste lançava um brilho pálido sobre a lixeira e o gato. Foi a primeira vez que Rodger conseguiu dar uma boa olhada em seu... seu o quê? Seu novo amigo? Seu salvador? Sua nova encrenca? Era difícil dizer.

Pelo jeito como Zinzan falava, Rodger imaginou que estivesse lidando com um gato refinado, um cavalheiro, um aristocrata. Se ele soubesse alguma coisa sobre raça de gatos, o que não era o caso, teria imaginado aquele como um siamês ou um birmanês. Mas o que viu sentado sobre a lixeira parecia mais um gato juntado a partir de partes restantes de vários outros depois de participar de uma guerra, e do lado perdedor.

Seus pelos estavam embaraçados em algumas partes, e simplesmente não existiam em outras. Sua cauda se entortava para a direita mais ou menos na metade. O olho direito era vermelho, e o esquerdo, azul. Partes de seu corpo eram marrons, outras brancas e as demais não seria possível distinguir sem antes dar um bom banho nele. E Zinzan não parecia ser do tipo em que era possível dar banho sem uma boa dose de esforço, sabão e coragem.

Zinzan tinha toda pinta de ser um lutador, um briguento, um bruto. Alguém que era sinônimo de perigo.

Por outro lado – Rodger percebeu também, algo em que não tinha parado para pensar ainda –, ele não conhecia mais *ninguém* além daquele gato. Até poder voltar para Amanda, claro.

– O que acontece agora?

– Eu levo você até um lugar seguro – respondeu o gato, como se fosse a coisa mais óbvia do mundo.

– Onde?

– Ah, aqui perto – respondeu o bichano com a voz arrastada, olhando ao redor do beco como se estivesse procurando algo. – É só uma questão de encontrar a porta certa na hora certa.

– Como *assim*?

O gato bocejou, revelando seus dentes amarelados (os que ele ainda tinha).

– Quantas perguntas – respondeu ele, bocejando outra vez. – Só estou dando uma ajudinha, Rodger. Como um bom samaritano. Se eu tivesse todas as respostas, você acha que eu estaria assim?

– Não sei – rebateu Rodger. – Foi por isso que eu perguntei. A Amanda sempre faz muitas perguntas.

– E sempre consegue as respostas?

Rodger pensou um pouquinho.

– Não, nem sempre.

– E o que acontece quando ela não consegue as respostas?

– Ela inventa uma, na maior parte das vezes.

Zinzan deu risada. Era uma risada estranha, algo entre um ronronado e uma tossida, mas pelo menos não soava cruel.

– Deve ter sido por isso que ela pensou em você – comentou o gato. – Como uma resposta para uma pergunta que não tinha resposta.

Ele lambeu o ombro, torceu os bigodes e pulou da lixeira.

– Vamos – chamou ele. – Senti o cheiro de uma porta aberta. Vem comigo.

Depois disso, ele saiu correndo para o fundo do beco, para a escuridão.

Um beco levou a outro, que levou a um terceiro, que levou a um quarto.

Estava difícil ver Zinzan mais à frente, mas o gato dizia "Vamos lá", "Por aqui" e "Estou vendo você" com frequência suficiente para Rodger não se perder.

Ele estava com uma estranha impressão de ter percorrido becos *demais*. Normalmente, os caminhos mais estreitos eram a ligação entre uma rua e outra, não? Com Zinzan, porém, um beco levava a outro beco. Mas estava escuro e já era tarde, e Rodger estava cansado e havia tido um dia terrível, então simplesmente seguiu o gato e esforçou-se para deixar as dúvidas de lado.

De uma coisa, no entanto, dava para ter certeza: se estava perdido antes, agora estava muito mais que perdido.

— Aqui estamos nós – anunciou Zinzan, parando de repente.

— Onde? – questionou Rodger. Aquele parecia ser o primeiro beco em que tinham entrado. Inclusive dava para a mesma rua de onde vieram. Rodger viu até o letreiro de néon da lanchonete em frente.

— Na porta de entrada da sua nova vida – respondeu o gato, lambendo a pata e esfregando-a no nariz.

— Que porta? – questionou Rodger, olhando ao redor. – Não estou vendo.

— Ah – Zinzan falou, entre uma lambida e outra na cauda. – Mas eu estou.

No momento em que o gato disse isso, uma luz se acendeu na parede oposta, iluminando uma porta lisa de madeira. A porta estava levemente entreaberta, mas Rodger não conseguia ver nada do outro lado.

– É melhor você entrar – falou Zinzan. – Não posso ficar olhando para você para sempre, tenho outras coisas para fazer. Coisas importantes. Estou sentindo cheiro de rato. Tenho um trabalho a fazer. Anda logo. Entra.

Com um gesto hesitante, Rodger empurrou a porta.

Rodger estava em um corredor comprido, como os que existem na entrada das casas antigas, adornado com papel de parede estampado com florzinhas azuis. As tábuas do assoalho rangiam e estalavam sob seus pés. Apesar do vento frio que entrava pela porta aberta mais atrás, o corredor era quente e úmido. Ele sentiu o cheiro de coisas velhas, talvez com uma pelagem espessa, como um cachorro molhado deitado diante de uma fogueira.

No fim do corredor havia uma segunda porta. Também estava entreaberta, e dava para ouvir uma música suave escapando pela abertura. Era entrar ou voltar para o beco, e o gato já tinha avisado que não estaria à sua espera.

Ele foi em frente.

Ainda dava para ouvir a música, mas bem baixinho, além de outros barulhos. Vozes, vozes distantes. Não era possível distinguir nenhuma palavra, mas havia pessoas em algum lugar ali.

Ele se sentou no chão com as costas apoiadas na parede e ficou escutando.

Rodger estava com medo.

Amanda sempre o via, mas os amigos dela não. A mãe dela não. Os vizinhos da casa de Amanda nunca o tinham visto. Ele havia pulado várias vezes a cerca que separava as casas para pegar uma bola, um frisbee ou uma banana de dinamite acesa, e eles nunca perceberam e nunca disseram uma palavra. Como ele se sentiria se passasse pela porta e as pessoas o ignorassem? Ou pior, se uma sala cheia de gente como o sr. Tordo conseguisse vê-lo?

Zinzan falou que era um lugar seguro, mas Zinzan era um gato. O que os gatos sabiam?

Por outro lado, aquele gato conseguia *vê-lo*. Aquele gato impediu que ele sumisse. Aquele gato falou que Amanda ainda estava viva. Talvez fosse de confiança.

Rodger se levantou. Ele era capaz de fazer isso. O que Amanda faria se estivesse em sua pele? Provavelmente, reclamaria um pouco do incômodo, mas atravessaria a porta e enfrentaria o que quer que estivesse do outro lado. Inspirado nela, e em tudo o que tinham feito juntos, Rodger empurrou a porta.

Ela se fechou com um clique.

Ele empurrou de novo, e a porta não se moveu.

Então, ele virou a maçaneta e a *puxou*. A porta se abriu para revelar uma das últimas coisas que Rodger poderia esperar.

SEIS

Rodger estava em uma biblioteca.

Amanda já lhe contara a respeito, mas ele nunca tinha visto uma antes.

Segundo Amanda: "é o melhor lugar do mundo em um dia de chuva. Cada livro é uma aventura". E ela adorava aventuras.

A música estava mais alta agora, em meio a estalos e chiados, como se estivesse sendo tocada em um gramofone antigo, mas era bem viva, alegre e animada.

Não dava para ver de onde vinha, por causa das estantes de livros. Elas estavam por toda a parte. A biblioteca era um labirinto, ele pensou, um labirinto feito de livros.

Rodger olhou ao redor. A dez metros de distância, em um corredor à sua direita, uma mulher sonolenta empurrava um carrinho lotado de livros.

Ela parou, tirou um par de volumes de capa dura do carrinho, olhou para os livros, para as prateleiras e então os guardou com cuidado no lugar.

— Olá? – disse Rodger.

Ela o ignorou, puxou o carrinho alguns passos para trás e guardou mais alguns livros. Não parecia estar com pressa, apesar de já ser tarde e ela provavelmente estar de saída. Ela ia colocando com cuidado todos os livros em seu lugar exato.

— Por que você está falando com ela? – perguntou uma vozinha de algum lugar mais acima. – Ela é real. Não consegue ver você.

Rodger olhou para cima.

Espiando por cima da prateleira havia uma cabeça de dinossauro com dentes enormes, provavelmente algum tipo de tiranossauro. Rodger não era nenhum especialista, mas dava para ver que não era um herbívoro: os dentes eram grandes, compridos, amarelados e pontudos. O bicho fungou com as narinas enormes, passou a língua grossa na boca sem lábios e piscou os olhinhos minúsculos antes de voltar a falar.

— Você acabou de chegar? – perguntou ele. Sua voz era tranquila, aguda como a de uma criança, e seus dentes rangiam incomodamente a cada palavra.

Rodger não sabia o que dizer.

Não que estivesse com medo. Na verdade, não. Mas estava surpreso.

Três coisas tornavam aquele encontro menos assustador do que seria de se esperar. A primeira era que o dinossauro estava todo encolhido para caber no espaço entre a prateleira e o teto, o que era engraçado. A segunda era que os bracinhos dele estavam estendidos por cima da prateleira, e os bracinhos de um tiranossauro eram *sempre* engraçados. E, em terceiro lugar, ele era cor-de-rosa.

– Hã – respondeu Rodger. – É, eu sou novo aqui.

– Eu sabia, eu sabia – falou o dinossauro, tentando bater palmas, sem conseguir por causa do comprimento dos braços. – Vem cá, você precisa conhecer o pessoal.

Era como entrar em um desenho animado depois de passar o dia todo em um filme francês em preto e branco e legendado, pensou Rodger. O dinossauro, com sua cor berrante, não era a única criatura estranha ali.

Na parte central da biblioteca, onde as prateleiras davam lugar a mesas e cadeiras, as "pessoas" estavam reunidas. A palavra "pessoas" não era a ideal para descrever quem estava ali, e muito menos a palavra "reais".

Ele estava em uma sala cheia de pessoas *imaginárias*. Algumas, como ele, pareciam crianças comuns, mas outras, não. Havia uma ursa de pelúcia do tamanho de um adulto, e um palhaço, e um homem que parecia um mestre-escola do século XIX – magro, pálido e todo sério. Havia uma mancha colorida da cor exata do céu de verão, e um pequeno gnomo escondido atrás de outro gnomo que tentava se esconder atrás do primeiro e uma boneca de pano largada em uma cadeira (que Rodger mais tarde ficou sabendo que era só uma boneca de pano que uma criança tinha esquecido na biblioteca).

Até mesmo o gramofone de onde vinha a música era uma pessoa imaginária. Tinha braços curtos, ficava de pé sobre as próprias pernas e seus olhos giravam junto com o disco, piscando a cada vez que passava sob a agulha. Quando viu Rodger, a música parou. O gramofone tossiu de leve, ergueu a haste da agulha e piscou várias vezes.

Por um momento, Rodger ficou só olhando para eles. Só tinha visto uma pessoa imaginária uma vez, e ela tentou arrastá-lo pela janela para jogá-lo na boca do sr. Tordo. Agora ele estava no meio de uma porção deles e sentia-se atordoado.

— Você parece perdido — comentou uma garota que parecia já ser adolescente.

Ela estava usando jardineira. Rodger nunca tinha visto alguém de jardineira antes. Ele foi bonzinho e não deu risada.

— Pode entrar — falou o dinossauro, manobrando com dificuldade sob o teto baixo. — Ele veio do Corredor.

— Vem cá — falou a menina, pegando-o pelo cotovelo e afastando-o dos demais. — Pode sentar. Você deve estar confuso. É a sua primeira vez?

— Sim — respondeu Rodger, acomodando-se em um sofá ao lado de uma estante de livros infantis. — Onde eu estou? Quem são todas essas... hã... pessoas?

— O nome que nós usamos é Agência — ela contou, sentando-se ao seu lado. — E quem são *eles*? — ela estendeu os braços, apontando para todos ao redor. — Acho que dá para dizer que são sua família. Seja bem-vindo ao seu lar!

O nome da menina era Emília.

– Quer uma xícara de chá, ou um chocolate quente, ou alguma coisa do tipo? – ofereceu ela.

A ursa de pelúcia veio empurrando um carrinho com bebidas e bolos na direção deles. Uma das rodas estava rangendo.

– Hã, chocolate quente, por favor – disse Rodger.

– Aqui está – falou a ursa, entregando a ele uma caneca fumegante. – Quer bolo?

Rodger ficou surpreso ao constatar que estava faminto. Normalmente, não comia muito. Amanda sempre terminava o que ele deixava sobrar, e em geral ela gostava que fosse bastante. A coisa acabou se tornando um hábito.

– Posso comer um desses? – perguntou ele, apontando para um bolinho.

A ursa entregou o doce e um guardanapo. Ele tirou com os dedos alguns pelos da cobertura e deu uma mordida.

– Certo, agora que você já pegou bolo – falou Emília –, está na hora de ter A Conversa.

– A Conversa? – questionou Rodger, cuspindo migalhas.

A ursa de pelúcia se afastou com o carrinho enquanto Emília limpava as migalhas de suas jardineiras.

– É, A Conversa. Acontece com todo mundo que passa pela primeira vez por aquela porta. Você está assustado, com medo, foi esquecido, estava Sumindo e, de repente, pouco antes de se esvair no ar, encontra uma porta aberta e quando vê está sendo encarado por Floco de Neve.

– Floco de Neve?

Emília apontou para o dinossauro cor-de-rosa, que jogava baralho com outros amigos imaginários, sem conseguir enxergar muito bem as cartas que tinha na mão. Sua cauda batia impacientemente na estante de livros logo atrás.

– Nem todo mundo acaba sendo encarado por Floco de Neve, claro. Depende de quem está aqui na hora. A gente tenta ser legal com todo mundo.

– Que lugar é este?

– Aqui, Rod – ela respondeu, abreviando seu nome de uma forma irritante –, é um lugar onde pessoas como nós podem ficar entre um trabalho e outro.

– Trabalhos?

Emília respirou fundo antes de começar sua explicação.

– É assim que funciona – ela começou. – Algumas crianças têm muita imaginação e sonham com a gente. Elas inventam criaturas como nós, e viramos seus melhores amigos e tudo mais; só que elas crescem, perdem o interesse e nós somos esquecidos. Aí nós começamos a Sumir. Normalmente, isso é o fim, o trabalho está encerrado, você vira fumaça e é levado pelo vento. Mas se for encontrado por *nós* antes, ou se for visto por nossos colegas, você pode vir para cá, onde vai estar seguro.

– Por que aqui? – questionou Rodger.

Emília ergueu as mãos e apontou para as prateleiras que os cercavam. – Você e eu, Rod, fomos imaginados. Dá uma olhada ao seu redor, aqui é como um oásis: um lugar *feito* de imaginação. Claro que não é a *mesma coisa*, mas dá para manter você vivo por algumas semanas.

– E depois?

– Depois você precisa trabalhar.

– Trabalhar?

Emília ficou de pé.

Rodger se levantou também. Ele guardou o papel do bolinho no bolso e segurou sua caneca de chocolate quente pela metade entre as mãos.

– Vem comigo – chamou Emília.

Eles caminharam por um labirinto de prateleiras até chegarem a um espaço aberto na frente da biblioteca. Era o balcão de atendimento, onde as pessoas de verdade retiravam seus livros durante o dia. Logo em frente havia um cachorro dormindo. Ou um cachorro imaginário dormindo, percebeu Rodger. As portas de vidro mais além davam direto para a rua.

Estava escuro lá fora. A luz alaranjada de um poste iluminava a calçada, e algumas pessoas passavam, escondidas, sob os guarda-chuvas. Estava chovendo de novo. A mulher que Rodger viu empurrando o carrinho e guardando os livros um pouco mais cedo abriu a porta e saiu, trancando-a atrás de si.

– A última dos reais está indo embora – comentou Emília. – É tudo nosso até amanhã cedo.

Na parede ao lado deles havia um quadro de avisos, com o tipo de coisas que um quadro como esses costuma ter em uma biblioteca:

anúncios de clubes de leitura e de babás; cafés da manhã comemorativos e cursos de arte. Enquanto Rodger lia, porém, alguma coisa aconteceu.

– É assim mesmo – falou Emília. – Você só precisa relaxar e deixar seus olhos verem o que precisam ver.

De trás dos folhetos e pôsteres, ou talvez da frente deles, fotografias começaram a aparecer. Era como se estivessem escondidas atrás de uma névoa, que agora era removida por uma brisa que ele não conseguia sentir. Em pouco tempo, o quadro estava cheio de fotos.

– Essas são crianças que precisam de Amigos, ou querem Amigos, mas não têm imaginação suficiente para criar um – falou Emília, apontando para as fotos. – As crianças que conseguem são raras, elas precisam ter um brilho *muito* especial.

– Tipo a Amanda?

Emília fez que sim com a cabeça, bem devagar.

– É difícil quando elas começam a esquecer, Rod – ela falou. – Mas...

– Ah, ela não me esqueceu – interrompeu Rodger. – Ela sofreu um acidente. Mas a gente vai se encontrar de novo e...

– Rod – falou Emília, impedindo-o de continuar –, vamos com calma. Olha, eu sinto muito. Sei que é difícil, mas preciso esclarecer isso logo de início. Vocês não vão mais se encontrar. Não é assim que funciona. Não sou eu quem faço as regras, mas elas *existem*. É assim que as coisas são. Você é esquecido, e depois escolhe outra criança. Não tem como voltar ao que era antes.

Rodger não acreditou nela, mas manteve a boca fechada. Ele sabia que não ia conseguir convencê-la, pelo menos não ainda. Não naquela noite. (Além disso, havia uma voz rondando o fundo de sua mente, e essa vozinha dizia: "Talvez ela esteja certa".)

Ele ouviu um resmungo atrás de si. Rodger se virou e viu que o velho cão pastor estava dormindo. O cachorro rosnou de leve e começou a mexer as patas, como se estivesse perseguindo um esquilo que corria atrás de suas pálpebras.

– Não se preocupe com ele – falou Emília. Seu tom de voz se tornou mais suave ao falar do cão, como se estivesse se lembrando de bons tempos que não voltam mais. – Ele está esperando por um último trabalho. Está velho demais para isso, como ele mesmo diz. Falou que está esperando por algo especial *de verdade*. Fica aqui o tempo todo, para não perder a oportunidade quando ela aparecer.

– Quando quem aparecer?

– A criança que ele está esperando. Sei lá. Para ser sincera, ele perde um monte de coisas enquanto fica aí roncando, se você quer saber.

Rodger olhou para o velho animal, deu uma risadinha nervosa por um motivo que não entendeu ao certo e se virou outra vez para o quadro de avisos.

Emília prosseguiu com A Conversa.

– Então, você vem até aqui de manhã, escolhe uma criança pela foto, vai para o Corredor e é isso – ela falou.

– E é isso?

– Sim, é isso.

– E como é que funciona?

– Sei lá – falou Emília, encolhendo os ombros. – Simplesmente, funciona – ela fez uma pausa, tossiu e adotou um tom de voz mais formal. – Então, Rod. Agora que nós já tivemos A Conversa, da melhor maneira que eu consegui, você faz parte dos Imaginários. Bem-vindo a bordo – ela ergueu um copo imaginário na mão vazia. – Um brinde aos bons trabalhos nos anos que estão por vir, certo? Vamos lá que eu vou apresentar você para os outros.

Mais tarde naquela noite Rodger foi se sentar ao lado de uma fogueira no meio da biblioteca.

No começo ficou preocupado, porque fogo e livros não combinam muito bem, mas logo viu que a fogueira era do tipo que Amanda inventaria. Era imaginada. A biblioteca não corria risco de pegar fogo, nenhum livro seria queimado, mas mesmo assim as pessoas imaginárias sentadas ao redor da fogueira se aqueciam e eram iluminadas pela luz tremulante das chamas.

– É a melhor coisa para a noite – comentou Emília. – É o que todo mundo deveria fazer. Assar uns *marshmallows* e contar histórias de fantasmas.

Os *marshmallows* eram imaginados também, mas estavam uma delícia, quentinhos e grudentos. A biblioteca era um lar generoso por ter imaginado tudo aquilo para eles.

— Isso é uma coisa que nós *não* conseguimos fazer, Rod – explicou Emília. – É para isso que servem os reais, para imaginar as coisas. Aposto que a sua Amanda fazia isso, não?

— Sim, todos os dias.

— Nosso trabalho é compartilhar, curtir. Pode orientar, se puder, fazer sugestões, pedidos, mas sempre vai precisar contar com a imaginação de alguém. Não se esqueça disso.

Ele deu outro gole na caneca de chocolate quente, mas não disse nada. Estava pensando em Amanda. As palavras que Emília disse antes ainda ecoavam em sua cabeça. Ele tinha certeza de que conseguiria provar que ela estava errada. Se nenhum outro imaginário tinha conseguido reencontrar seu amigo real, então ele seria o primeiro.

Rodger ouviu as conversas que aconteciam ao redor. Era sobre gente que ele não conhecia, que tinha feito coisas que ele não entendia em lugares de que nunca ouviu falar com crianças que não sabia quem eram. Depois de um tempo, ele resolveu se manifestar.

Rodger tossiu.

— Com licença – falou ele.

A biblioteca inteira ficou em silêncio, a não ser pelos barulhos ritmados das quicadas de um Amigo que era a réplica exata de uma bolinha de pingue-pongue. (Rodger ficou contente por Amanda tê-lo imaginado como um menino comum. Isso tornava as coisas bem mais fáceis.)

— Eu sou novo aqui – falou ele. – Como vocês já sabem. Emília foi muito legal comigo e me contou como as coisas aqui funcionam.

Mas... Eu acho... Acho que ainda não era para eu estar aqui, não ainda. Aconteceu um acidente, sabe.

Ele começou a contar sua história desde a noite anterior, quando eles estavam brincando de esconde-esconde com a babá.

– Você disse "sr. Tordo"? – perguntou Floco de Neve de algum lugar perto do teto quando Rodger mencionou o nome dele.

– Sim – ele confirmou. – Amanda falou que o nome dele era esse. Ela ouviu quando ele se apresentou para a mãe dela.

– "Sr. Tordo"?

O dinossauro repetia aquele nome de um jeito meio estranho. Como se estivesse tirando sarro da cara de Rodger.

– E o que é que tem? – ele perguntou.

Emília pôs a mão no ombro dele e deu uma risadinha.

– Sinto muito, Rod, mas todo mundo aqui já ouviu falar do sr. Tordo. Não adianta fingir que esteve cara a cara com *ele*. Você não vai conseguir enganar ninguém. Desculpa estragar sua história.

– Não, mas foi isso *mesmo* que aconteceu. Ele tentou...

A ursa de pelúcia, que se chamava Quebra-Ossos, deu risada.

– Ah, é? Daqui a pouco você vai dizer que conheceu Simão Simplório.

– Quem é Simão Simplório?

– É ainda mais assustador que o sr. Tordo – contou Emília. – Ele toma o lugar do seu amigo real durante a noite. Entra na pele dele, olha para você com os olhos dele e manda você fazer coisas. Coisas esquisitas. Coisas perigosas. E, como ele fala com a voz dele, usando a língua dele para formar as palavras, bom... você precisa obedecer.

– Ah, para com isso, Emília – falou Floco de Neve. – Eu morro de medo do Simão Simplório. Não vou nem conseguir dormir agora que você me fez lembrar dele – o dinossauro cerrou seus dentes enormes e estremeceu, como se tivesse sentido um frio na espinha. – *Brrr*.

– Mas não era esse tal de Simão Simplório, era o sr. Tordo – argumentou Rodger. – Me contem mais. O que vocês sabem sobre ele?

– Só o que todo mundo sabe, Rod – respondeu Emília. – Ele nasceu cem anos atrás – ela continuou, como se estivesse lendo uma enciclopédia –, mas fez um acordo com o diabo. Blá, blá, blá.

– Ouvi dizer que foi com duendes – argumentou alguém.

– Não, alienígenas – contestou outro.

– Pensei que tivesse sido com um banqueiro – falou Quebra-Ossos.

– Bom, *eu* ouvi dizer que foi com o diabo, mas não faz diferença – continuou Emília. – A questão é que ele continua vivo, não morre, mesmo tendo cem anos de idade.

– E ele não morre porque... Continua – incitou a bola de pingue-pongue entre uma quicada e outra.

– Ele se alimenta de imaginários, Rod. De gente como nós. E, para cada um que devora, ganha um ano a mais de vida. É isso o que dizem. Mas nunca ouvi falar que ele tinha uma Amiga.

– Eu já – disse Floco de Neve. – O que eu ouvi dizer foi que ele se alimenta de Amigos para continuar tendo imaginação para acreditar na Amiga *dele*. Agora que é adulto, e isso já faz anos e anos, já era para ter se esquecido dela. Mas ele não quer, e a única maneira de continuar a acreditar é devorando... imaginação.

– Disso eu nunca ouvi falar – insistiu Emília.

– E como ele encontra os Amigos? – perguntou Rodger.

– Ah, ele fareja – respondeu Quebra-Ossos. – Consegue sentir o cheiro de quem está Sumindo, como os gatos. Uma fungadinha com aquela narina e ele vai atrás de você como um cão de caça. E, quando encontrar, vai querer devorar tudo de uma vez antes de você Sumir de vez. Quer mais bolo, Rodger?

Rodger fez que não com a cabeça. Ele consegue sentir o cheiro de quem está Sumindo, então? Bom, não foi assim que ele o encontrou na casa de Amanda. O sr. Tordo estava caçando Amigos, e não só esperando que aparecessem. Estava batendo de porta em porta. E, assim que Amanda viu a garota na porta de casa, o sr. Tordo descobriu que ali vivia uma garota que conseguia ver pessoas imaginárias, ou seja...

– E como ele pode ser morto? – Rodger perguntou.

Emília o encarou. – Não lembro de nenhuma história em que ele tenha sido morto.

Todo mundo sacudiu a cabeça.

– Zinzan me falou que nós desaparecemos se a nossa criança morre – falou Rodger. – Isso é verdade?

– É – respondeu Emília, mastigando um *marshmallow*. – E vice-versa.

– Como assim?

– Se um imaginário morre, o amigo real morre junto.

– Nunca ouvi falar disso – retrucou a bola de pingue-pongue.

– É verdade – garantiu Emília. – Eu ouvi dizer do caso de um menino uma vez. Ele e sua Amiga, a Pic-Pic, caíram de um precipício. Sabem como é, estavam brincando e sofreram um acidente. Eles estavam caindo, e a Pic-Pic chegou ao chão primeiro. Ela se arrebentou em mil pedacinhos... desapareceu, puf! E em seguida o amigo real dela morreu também.

Houve um instante de silêncio antes de Floco de Neve argumentar:
– Mas eles caíram de um precipício. Claro que o amigo real morreu.

– Não – falou Emília, baixando o tom de voz, obrigando todo mundo a se inclinar para a frente para ouvi-la –, você não ouviu direito. O imaginário morreu, e *em seguida* o menino real.

– Mas os dois caíram de um lugar alto – retrucou Floco de Neve.

– É, mas o menino real morreu *antes* de bater no chão.

O silêncio se arrastou por mais algum tempo antes de o dinossauro voltar a se manifestar: – Como você sabe?

Emília encolheu os ombros. – Só estou contando o que ouvi.

Estava ficando tarde. A fogueira estava se apagando.

Alguns imaginários já se preparavam para dormir.

Emília conduziu Rodger por entre corredores e prateleiras até chegar a uma onde havia redes penduradas entre um lado e outro.

– Eu faço pezinho para você – ela falou, juntando as mãos e ajudando Rodger a se acomodar na rede.

Como tinha passado a vida toda no fundo de um guarda-roupa, aquilo era novidade para ele. Havia cobertores e um travesseiro, e a rede balançava de leve, como se a biblioteca estivesse navegando no mar. O balanço foi ficando mais suave e o embalou. Depois de um dia longo e sinistro, a biblioteca estava cantando uma canção de ninar para ele.

Rodger não esperava que fosse conseguir dormir. Havia acontecido muita coisa, e ainda estava tudo reverberando em sua mente. Ele queria saber onde estava Amanda. Estaria em casa ou no hospital? Estaria pensando nele? E havia também o sr. Tordo. *Ele* estaria pensando em Rodger também?

Mas, no fim, Rodger dormiu, quase sem perceber, e quando se deu conta já era de manhã.

SETE

Quando acordou, com as luzes elétricas da biblioteca piscando acima de sua cabeça e pessoas reais mexendo nos livros em ambos os lados de sua rede, Rodger desceu e voltou para o espaço aberto onde estava a fogueira na noite anterior.

Floco de Neve não estava lá, mas alguns dos outros imaginários, sim.

Emília abriu um sorriso ao vê-lo. – Vai querer café da manhã?

Quebra-Ossos veio com o carrinho e sua roda rangente até ele e ofereceu bolos e mais uma caneca de chocolate quente.

Havia gente real por toda parte. Um homem estava sentado à mesa bem ao lado da bola de pingue-pongue, lendo jornal. As pessoas reais não viam as imaginárias, e as imaginárias ignoravam as reais. Era como se dois mundos diferentes tivessem se sobreposto dentro da mesma biblioteca. Apesar de dividirem o mesmo espaço, eles não tinham como tocar uns nos outros.

Pelo menos foi isso que Rodger pensou até colocar sua caneca sobre um livro, que estava mais próximo da beirada da mesa do que parecia. O chocolate quente desequilibrou o livro e o mandou, girando, para o chão.

A caneca e seu conteúdo desapareceram antes de tocar o chão, mas o livro aterrissou com um barulho bem alto.

O homem com o jornal levantou os olhos.

– Tenta não fazer mais isso, Rod, amigão – disse Emília, dando um soco em seu braço de brincadeira. – Isso pode assustar o pessoal, e nós somos bonzinhos, esqueceu?

Rodger se abaixou para pegar o livro.

– Deixa aí – disse Emília.

– Mas... – começou Rodger.

– Pensa um pouco aqui comigo, Rod. O livro caiu e o cara nem ligou. Isso acontece. As coisas caem. É a lei da gravidade. Ele vai voltar a se concentrar no jornal em questão de segundos e nunca mais pensar nisso. Por outro lado, se o livro sair *flutuando* do chão e pousar na *mesa*, isso é uma coisa completamente diferente. É bizarro, e ele vai pensar que o lugar é mal-assombrado ou coisa do tipo. Vai começar a ter pesadelos, e a culpa vai ser sua. Não é isso que você quer, né?

Rodger fez que não com a cabeça.

– Certo – ela falou. – Eu decidi que você e eu vamos ficar amigos de uma criança hoje. Vamos fazer isso juntos. Nada de perder tempo.

– Mas eu quero procurar a Amanda – falou ele.

– E como você vai fazer isso?

– Vou descobrir para onde foi aquela ambulância. Quer dizer, é uma coisa bem óbvia, ela deve estar no hospital. Vou procurar lá.

Emília sacudiu a cabeça.

– Parece que você não ouviu uma palavra do que eu falei, Rod. Você não pode sair por aí sozinho. Se puser o pé para fora da biblioteca, vai começar a Sumir.

Rodger abriu a boca e ergueu um dedo como se tivesse algo a dizer.

– Mas...

– O que você precisa fazer – ela continuou ao ver que ele não tinha o que falar – é vir comigo. Vamos arrumar novos amigos e, quando eles acreditarem em você, se ainda quiser, pode tentar convencê-los a dar uma passada no hospital. Mas você não pode fazer isso sozinho.

Por mais que quisesse sair correndo para procurar Amanda e recuperar sua antiga vida, ele sabia que precisava seguir as recomendações de Emília. Ela sabia do que estava falando. Mas isso não o impedia de se sentir profundamente frustrado.

– Vamos lá – ela falou, caminhando até o quadro de avisos.

Emília pegou a foto de um menino de aparência simpática.

– Vai ser este aqui – ela falou. – Estou tendo um bom pressentimento com ele.

Naquela manhã, João Junqueira abriu o guarda-roupa e procurou seu casaco. Ia precisar dele, já que estava chovendo outra vez.

– Aí está você – ele falou enquanto o apanhava e vestia.

Quando a porta se fechou com um clique baixinho, ele teve uma sensação bem esquisita. Era como se algo tivesse roçado sua nuca, mas por dentro. Isso serviu como um sinal de alerta para seu cérebro de que havia alguém o vigiando. Ele saiu correndo do quarto e apareceu no alto da escada. Sua mãe e seu pai o aguardavam no corredor.

– Vamos lá, preguiçoso – falou seu pai. – Vamos perder o começo do filme se você não andar logo.

João desceu correndo, mas, quando chegou ao local da escada onde era possível ver o carpete do andar de cima, sob a cômoda do quarto bem em frente ao seu, ele fez uma brevíssima pausa.

A porta do guarda-roupa estava se abrindo.

Era o que parecia, pelo menos. Mas ele tinha certeza de que tinha fechado direitinho. Ou não tinha?

Ele continuou descendo a escada, tentando não olhar para trás.

– Vou ver se a porta dos fundos está trancada – falou sua mãe, deixando João e seu pai no *hall* de entrada.

João sentou no primeiro degrau da escada e amarrou os tênis. Ele se lembrou do dia, no começo das férias, em que conseguiu fazer os laços sozinho pela primeira vez. Foi uma sensação bem estranha. Em um momento, parecia impossível, ele não era capaz de fazer aquilo. Por mais que seus dedos tentassem torcer os cadarços em

121

um laço, assim que ele se levantava tudo se desmanchava e seus tênis saíam dos pés.

E, então, um dia, sem ninguém para ver nem tentar orientá-lo, quando estava sentado sozinho na cama – *abracadabra!* –, ele conseguiu. Era como se ele tivesse nascido sabendo fazer laços. Quando sua mãe fez uma expressão de surpresa, ele rebateu com uma expressão de surpresa igualmente genuína: – *Claro* que eu sei amarrar os sapatos – ele gritou. – Não sou mais um bebê!

E não era mesmo. Tinha seis anos de idade. Ele fez o laço com o dedo e se preparou para passar a outra parte do cadarço pelo...

Ele se interrompeu.

Ouviu um rangido na escada atrás dele. Acima dele.

João, sua mãe e seu pai estavam todos no andar de baixo. Ele não tinha irmãos. Nenhum amigo tinha dormido lá naquela noite. Não havia ninguém lá em cima, mas ele sabia que o único momento em que o segundo degrau da escada rangia era quando alguém pisava ali. Ele mesmo havia pisado tantas vezes no degrau que conhecia aquele rangido como a palma de sua mão.

Ele deu uma olhada para sua mão. Estava tremendo. O laço se desfez.

Ele não olhou ao redor. Não olhou para a escada.

– Ainda não amarrou o cadarço, João? – sua mãe questionou ao voltar.

Seu pai estava lendo uma carta e nem percebeu nada.

– Não, mãe – respondeu João. – Amarra para mim?

– Claro, querido – ela falou, ajoelhando-se na frente dele.

– Mãe?

– Sim?

– Tem algum...

– O quê? – ela perguntou, apertando o cadarço muito mais que o necessário.

– Você pode dar uma olhada lá em cima?

– Como assim? – ela passou para o segundo tênis. Era muito boa naquilo, bem rápida.

– Tem alguém na escada?

– Não seja bobo – ela respondeu, sem olhar.

– Eu... eu ouvi uma coisa. O degrau que range... rangeu.

Sua mãe olhou para cima.

– Bom, não tem nada aí agora – ela garantiu.

– Você ouviu, pai? Ouviu, né?

– Quê? Não, desculpa – foi só o que seu pai disse, guardando a carta e abrindo a porta. – Vamos logo.

João Junqueira ficou de pé – já com os tênis amarrados e bem apertados, o casaco ajeitado e quentinho – mas um suor imaginário escorria por suas costas. *Alguma coisa* o estava observando. Havia *alguma coisa* atrás dele. Dava para sentir, mas ele não tinha coragem de se virar.

Ele saiu porta afora o mais depressa possível, correndo na frente de sua mãe e seu pai até a esquina onde o carro estava estacionado.

Quando o carro arrancou, ele finalmente olhou de novo para casa. Parecia a mesma de sempre, a não ser... a não ser pelo que ele pensou ter visto, mas não com toda certeza, apesar de ser capaz de jurar. Em meio à chuva que caía, ele era capaz de jurar que viu um rosto na janela do *hall* de entrada.

Na janela de sua casa vazia.

— Ora, que beleza – resmungou Emília, atirando-se no sofá.

Rodger ficou de pé ao lado da porta da sala de estar.

— Tem certeza de que você pode sentar aí? – ele perguntou. – A casa não é nossa.

— Ah, não seja bobo, Rod. Aqui é nossa casa *agora*. Estamos trabalhando. Moramos aqui até não precisarem mais de nós.

— Mas ele nem viu a gente.

— Às vezes demora um pouco, só isso.

"Ela já fez isso antes", pensou Rodger, "deve saber do que está falando."

Emília cruzou os braços e depois descruzou, coçou o rosto e cruzou de novo. Parecia uma dança elaboradíssima, mas não muito boa.

— A gente precisa de um plano – ela disse depois de um momento. – Chamar a atenção dele. Só até ele ver a gente pela primeira vez, aí vai ficar tudo certo.

— Sim, mas como? – Rodger se sentou cautelosamente ao lado dela. – Ele olhou para a gente e nem viu nada lá no guarda-roupa.

— Pois é – ela murmurou consigo mesma. – Se não consegue ver quando olha para a gente de frente, bom, vai ter de ver quando olhar de viés.

— De viés? – perguntou Rodger.

— Isso mesmo, Rod, amigão – Emília começou a se animar, esfregando as mãos enquanto falava. – Está na cara. Isso vai ser um trabalho para o *espelho*.

O filme foi tão divertido que, quando João Junqueira chegou em casa, tinha se esquecido completamente da sensação esquisita que experimentou naquela manhã.

– Vou pôr a chaleira no fogo – falou seu pai, depois de tirar os sapatos.

– Vou dar uma passadinha no banheiro – avisou sua mãe, subindo os degraus da escada de dois em dois.

João ficou sozinho no *hall* de entrada.

Ele se sentou no primeiro degrau da escada e desamarrou um dos tênis. Enquanto fazia isso, olhou para cima, de repente, com um frio na barriga, lembrou-se do barulho que escutou mais cedo. A diversão da ida ao cinema se desfez, e seu estômago se revirou.

Ele estava olhando para a escada, e não conseguia parar. Tinha a sensação de que, se desviasse os olhos por um momento que fosse, algo aconteceria. Uma porta ia bater, ou o degrau ia ranger. Ele ficou petrificado, como um coelho em uma estradinha de terra que vê os faróis de um carro se aproximando e simplesmente *não consegue* correr.

Ele trocou os pés, colocando o tênis que ainda estava amarrado sobre o degrau.

Sem parar de olhar para a escada, tateou o cadarço com os dedos. Sua mãe fazia laços ótimos, que nunca formavam nós, e bastava um puxão firme para desamarrá-los.

E então ele viu algo.

E deu um pulo.

Literalmente, deu um pulo no ar.

Sua mãe estava parada no alto da escada.

– Ah, desculpa, querido – ela falou. – Assustei você?

– *Mãe* – resmungou ele.

Eles estavam sentados à mesa para jantar. Aquele seria o último dia em família em um bom tempo, e seus pais gostavam de fazer as coisas como deveriam. Ainda faltava uma semana para o início das aulas, mas aquele era o último dia que seu pai e sua mãe poderiam se ausentar do trabalho ao mesmo tempo.

O que eles chamavam de sala de jantar era um pedacinho da sala de estar onde ficava a mesa. Caso ele se comportasse bem, ou insistisse bastante, seus pais ligavam a tevê e ele podia assistir durante o jantar, mas não naquele dia, porque eles iriam conversar como uma família.

Seu pai estava falando sobre sua bicicleta, que precisava de pneus novos, e sua mãe estava pegando a salada da travessa quando João ergueu os olhos.

Atrás de sua cadeira havia uma guarda-louça onde seus pais deixavam os pratos horrorosos que sua avó dava de presente todo ano no Natal. Na parede oposta ficava um espelho bem grande. Seu pai o havia comprado em uma venda de garagem no início das férias. Falou que aquilo faria a sala parecer maior. João não sabia se isso era verdade – para ele a sala sempre pareceu bem grande –, mas gostava de ficar olhando para o espelho quando a conversa estava chata e a tevê desligada, observando os desenhos de gatinhos nos pratos atrás dele.

Havia um gatinho cheirando flores, e outro sentado em uma almofada, além de outro com o bigode sujo de leite. Apesar de ter só seis anos de idade e não entender nada de arte, João sabia que sua mãe estava certa, que aqueles pratos eram horríveis. Se dependesse dele, escolheria pratos com desenhos de robôs. De preferência, robôs quebrando coisas. Ou lutando contra outros robôs e quebrando uns aos outros. Talvez se ele pedisse com jeitinho sua avó comprasse *esse* tipo de prato no Natal.

E, então, ele parou de pensar em robôs, porque viu outra coisa no espelho.

João olhou para a mesa diante dele. Olhou para seu prato, com iscas de peixe e ervilha. Em seguida para a direita, onde estava seu pai. E depois para a frente, onde estava sua mãe. E então olhou para a esquerda.

Havia um lugar vazio ali. Uma quarta cadeira, na qual ninguém sentava, e só era usada quando tinham alguma visita. A família era composta só pelos três.

– Como a salada acabou rápido – comentou sua mãe, pondo o último bocado no prato. – Você vai querer, João?

João não respondeu. Olhou outra vez para o espelho.

Olhou para sua própria imagem, depois para a de seu pai, e em seguida para a parte de trás, para a cabeça de sua mãe, antes de se voltar para a última cadeira, a vazia.

Havia uma garota sentada ali, uma adolescente. Tinha cabelo loiro, e segurava um pedaço de alface com a ponta do garfo. Ele viu quando ela levou o talher à boca, meio sem jeito, e quase ouviu o estalar da folha quando ela a mordeu.

Pelo reflexo no espelho, seu olhar se encontrou com o de João, e ela deu uma piscadinha.

Quando os vizinhos viram a mãe de João na manhã seguinte, perguntaram sobre a gritaria. Ela estava no jardim da frente com o corretor de imóveis. Ele estava pregando uma placa de "vende-se" no gramado. Ela contou aos vizinhos que a família havia recebido más notícias e iria passar uns dias na casa da mãe dela.

– Mas que coisa – Emília falou, andando de um lado para o outro na sala dos Junqueira.

Rodger só observava a movimentação dela.

– Isso é sempre assim? – perguntou ele.

– Não – ela rugiu. – Quando você tem uma criança *que sabe o que está fazendo*, é moleza. Mas esse Junqueira aí, ele é um medroso. Que tipo de menino faz uma barulheira daquelas? Eu nunca vi uma coisa dessas. Que ridículo!

– Mas ele estava com medo, Emília. Você deu um susto nele.

– Sim, mas não foi minha intenção. Olha só para mim, eu por acaso tenho cara de fantasma? Tem alguma coisa assustadora em mim? – ela sorriu e passou as mãos no cabelo. – Eu não sou uma

Amiga assustadora, né? Esse menino é claramente problemático. Eu acho que precisaria ser.... devolvido para a loja, para descobrirem qual é o defeito.

Rodger esperou que ela terminasse para perguntar: – E agora, o que a gente faz?

Emília despencou no sofá ao lado dele, levando a mão ao rosto. Sua pele estaria mesmo transparente como parecia? Quanto tempo os dois conseguiriam durar no mundo real sem uma pessoa real que acreditasse neles?

Rodger não sabia a resposta, mas manteve as *suas* mãos bem escondidas no bolso. Estavam formigando.

– Só tem uma coisa que a gente pode fazer – ela falou em tom de cansaço. – Voltar.

– Encontrar a porta pode ser difícil – comentou Emília. – Não é só entrar em um beco qualquer, Rod. Você precisa olhar do jeito certo, e a porta precisa querer ser vista do jeito certo. Você precisa achar que aquela é a porta ideal.

– A gente não pode entrar pela porta da frente?

– Na biblioteca?

– É.

– Bom, até daria, se a gente estivesse no centro da cidade. Mas eu não sei que lugar é este. Essas ruas parecem todas iguais para mim. Vamos fazer o seguinte: você fica de olho em um ônibus que vá para o centro, enquanto eu procuro um beco.

Eles caminharam vinte minutos pelo bairro dos Junqueira (sem que passasse nenhum ônibus) até encontrarem um beco que Emília considerasse apropriado.

Rodger olhou para a ruazinha, que, na verdade, era só uma passagem entre as cercas altas de madeira de dois jardins. Havia lixeiras com rodinhas e uma cadeira quebrada um pouco mais à frente. O cheiro no ar era azedo.

– Este aqui? – perguntou ele.

– É, olha só essas sombras – respondeu Emília.

Ela apontou para um poste ali perto e depois para o beco.

A sombra do poste ia para a direita, para fora do beco. Mas a sombra do muro ia para o outro lado. As sombras naquele beco iam para a direção *errada*.

– Ali está a porta que a gente quer, se a gente quiser. Mas é melhor ir depressa.

Ela ergueu uma das mãos. Sem dúvida nenhuma estava começando a Sumir. Havia uma névoa cinzenta em torno de seus dedos. Rodger não olhou para as próprias mãos, mas conhecia aquela sensação, como se agulhas finíssimas tivessem começado a espetá-las.

– Com licença, mocinha – disse uma voz atrás deles. – Que tempo mais fechado. Estou perdido e preciso de ajuda para chegar aonde preciso, por favor.

Rodger se virou e, parado na calçada, com o bigode balançando, estava *aquele* homem.

– Emília – ele falou, puxando-a pelo braço. – Não...

Mas Emília não estava ouvindo. Estava atordoada. Não estava acostumada a ser vista. Ela estava no mundo dos imaginários por tempo suficiente para saber que alguma coisa estranha estava acontecendo. Só não sabia exatamente o quê.

– Hã, posso ajudar, amigo? – falou ela, fingindo estar calma.

– Ah, sim, com certeza – o sr. Tordo respondeu, inclinando-se na direção dela.

Rodger gritou:

– Não, Emília, esse é o sr. Tordo...

Mãos frias e pegajosas taparam sua boca e o puxaram para trás.

Era *ela*.

Ele tentou resistir, mordendo os dedos dela, chutando-a na canela, mas nada adiantou.

O sr. Tordo se inclinou sobre Emília e pôs a mão em seu ombro. Rodger viu a bocarra dele se abrir e se transformar em um túnel sem fim. Ela parecia paralisada, como um inseto em uma teia, incapaz de se mover.

Rodger sabia que ela queria resistir, mas não conseguia fazer nada além de olhar para o fundo da garganta-túnel.

E, então, ela foi sugada, esticada como queijo derretido, e com um barulho inesperado de canudo no fundo do copo ele a engoliu inteira.

A boca do sr. Tordo se fechou com um estalo ressonante. Uma fumacinha cinzenta escapava sob seu bigode.

Ele soltou um arroto com cheiro de pólvora.

– Ah, nossa – ele falou, todo feliz. – E agora...

Rodger estava se debatendo sem sucesso. Ele redobrou seus esforços. Ela não era exatamente sua amiga, mas ele gostava de Emília. Ela foi legal com ele, à sua maneira.

Ele mordeu com mais força que antes e projetou o cotovelo para trás. A menina pálida o largou.

Cuspindo um dedo no chão de terra do beco, Rodger correu.

Ele ouviu um som sibilado, como o do vapor escapando de um cano quebrado, e em seguida o barulho de passos o seguindo.

Ele correu como se sua vida dependesse disso. O que, pensando bem, provavelmente era verdade.

O beco fazia uma curva para um lado e depois para o outro, e as cercas se transformaram em tijolos vermelhos e depois em tijolos escuros em mau estado, com infiltrações e cartazes rasgados colados nas paredes.

Os passos ainda ecoavam atrás dele.

O sr. Tordo e a menina não iriam desistir. Não estavam conseguindo alcançá-lo, porque Rodger era bem rápido, mas continuavam na perseguição mesmo assim.

E Rodger estava levando-os, ele percebeu, de repente, diretamente para a Agência, para a biblioteca. Um homem que devorava imaginários, como Rodger viu com seus próprios olhos, que liquidificava seus corpos e os engolia de uma vez... e Rodger o estava guiando para um lugar onde poderia encontrar todos os Amigos sem trabalho que quisesse.

Esse pensamento o fez acelerar o passo. Ele precisava chegar lá primeiro.

– Estou vendo você, garoto – disse uma voz que Rodger reconheceu de imediato.

Rodger deu um pulo enquanto corria e respondeu: – Estou meio ocupado agora, Zinzan.

O gato estava sentado em uma sombra no meio do beco, com uma perna levantada, dando uma boa, e um tanto ineficaz, limpada em seu traseiro.

E o sr. Tordo não o viu ali, pelo menos não até seu pé atingi-lo. O grandalhão voou pelo ar, caindo no chão com um estrondo.

Zinzan era resistente e flexível o bastante para resistir ao impacto e sair apenas meio atordoado, caminhando um pouco torto em meio à sujeira do beco, mas intacto.

Mesmo assim, quando se pôs de pé, o gato percebeu que havia algo mais com que se preocupar, algo que ele conseguia farejar, mas não ver. Não era o cheiro de alguém que estava Sumindo, que foi embora junto com o menino em fuga. Era um odor diferente, um tanto nojento, como o de uma comida que fermentou por tempo demais.

Em seguida, dedos gelados o envolveram pelo pescoço, e o gato caiu imóvel.

Rodger continuou correndo. Ele ouviu o tropeção do sr. Tordo, seguido pelo grito do gato, e agradeceu mentalmente a Zinzan. Aquele gato ligeiro e malandro tinha salvado sua pele.

Depois de dobrar uma última esquina, ele viu a luz oscilante que iluminava a porta da Agência.

Um instante depois, estava com a mão na maçaneta.

Olhando para trás para ver se o sr. Tordo tinha conseguido se levantar, Rodger ficou surpreso ao dar de cara com uma parede. Ele olhou ao redor. Estava no meio de um pequeno pátio cercado de paredes de tijolos.

O beco havia cercado a si mesmo, isolando o local onde ele estava. Parecia que, enfim, Rodger estava a salvo.

Em seguida, ele ouviu uma voz:

– Para onde ele foi? Que menino mais intrigante. Ora, ora, ora. Veja só isso. Tanta correria para voltarmos à mesma rua. Loucura, loucura imaginária.

Era o sr. Tordo falando sozinho, ou provavelmente com a menina, pensou Rodger. Ele estava bem do lado da parede.

Essa era a melhor parte de existir uma porta imaginária em um beco imaginário. O sr. Tordo não tinha como encontrá-lo sozinho, e a menina não conhecia aquele truque – pelo menos era o que Rodger esperava.

– Você tem razão – disse o homem, depois de consultar sua companheira silenciosa. – Precisamos fazer alguma coisa a respeito. Eu sei por onde começar. Você se lembra da amiguinha dele...?

Depois de um sibilado como o de uma cobra venenosa, Rodger ouviu passos se afastando, e por fim o silêncio ao seu redor. Ele respirou fundo.

Finalmente, ele estava a salvo outra vez. Mas não a coitada da Emília, Rodger pensou.

No meio da correria, ele não teve tempo de pensar no que viu. Agora tinha. Ela foi liquidificada. Não devorada, e sim bebida pelo sr. Tordo. E ele não sabia se existia alguma maneira de trazê-la de volta.

Em seguida ele pensou: "Cadê o gato?".

E só depois pensou: "Eu preciso entrar".

OITO

– Não, não, não – Quebra-Ossos, a ursa de pelúcia imaginária do tamanho de uma pessoa, estava agitando os braços diante de Rodger para fazê-lo parar de falar. – Não existe nenhum "sr. Tordo", isso é só uma história para assustar os recém-esquecidos. Uma lenda urbana. Nós dissemos isso ontem à noite para você, lembra?

– Não! – insistiu Rodger, ofegante. – Não é uma lenda. É verdade. Ele apareceu de novo, junto com a menina. Agorinha mesmo... procurando o beco... Eu tive de correr, mas ele pegou a Emília. Eu vi quando ela foi devorada. Não pude fazer nada. Sinto muito.

– Quem?

Rodger esfregou os olhos.

– A Emília – ele falou. – Ela foi...

– Emília?

Era difícil decifrar a expressão da ursa. Aquilo era algum tipo de brincadeira com ele, fingir que nunca tinha ouvido o nome dela antes. Mas por quê?

– Eu vi quando ela foi devorada por ele – Rodger disse, baixinho. – Ela morreu, né? Não vai voltar mais – ele fez uma pausa. – Ou será que vai? Quando alguém é engolido por ele, tem como voltar depois? Nós temos como resgatar a Emília?

Quebra-Ossos coçou o queixo com a pata, pensativa, antes de responder. – Todas as histórias que ouvi dizem que quem é engolido está "perdido para o mundo", como se nunca tivesse existido. As palavras eram exatamente essas, "perdido para o mundo". Quando acontece, não tem volta. É pior que Sumir – ela parou de falar e sacudiu a cabeça. – Ou melhor seria, Rodger, se o "sr. Tordo" existisse, o que não é o caso. Ele é só uma história – ela ofereceu um bolo de seu carrinho para ele, como se o assunto estivesse encerrado. – Que tal um chocolate quente? Você gosta disso, não?

– Mas e a Emília?

– Não sei do que você está falando.

Estava na cara que Rodger não conseguiria a colaboração da ursa. Ela não estava brincando, não estava fingindo. Simplesmente, não se lembrava de Emília. Era como se Emília tivesse sido removida da memória dela quando foi removida do mundo. Mas Rodger viu tudo acontecer e ainda se lembrava dela.

Ele tentou conversar com alguns dos outros Amigos.

A bola de pingue-pongue não se lembrava dela.

141

Os homenzinhos vestidos de gnomos que pularam da prateleira em cima dele gritando

– Ataque surpresa!

também não se lembravam dela.

O Grande Fandango, o Amigo que parecia um mestre-escola de antigamente, pediu a Rodger que parasse de tomar seu tempo. Disse que estava tentando ler uma coisa importante, apesar de o livro estar virado de cabeça para baixo, e o homem estar roncando quando Rodger o cutucou. Rodger não discutiu. Emília havia sido esquecida por *todos*.

Ele desejou que Floco de Neve estivesse lá. O dinossauro era do tamanho de um elefante, e os elefantes nunca esquecem. Mas talvez nem mesmo Floco de Neve se lembrasse de Emília.

Ele pensou que na biblioteca fosse conseguir ajuda, mas pelo jeito estava errado. Só o que encontrou foi um teto sob o qual se esconder e comida para matar a fome enquanto elaborava um plano para pôr fim à comilança do sr. Tordo.

Ele seria capaz de fazer isso? Era mesmo o que ele queria? Ou seria melhor se esconder e se manter a salvo? Não seria mais sensato?

Provavelmente, mas Amanda jamais o perdoaria.

Mais tarde naquela noite, enquanto caminhava até as redes, ele foi detido por um latido.

Quando se virou, viu um cachorro imaginário logo atrás.

Era preto e branco, peludo e bem velho. Parecia meio apagado nas extremidades, e havia uma coloração cinzenta em torno de seus olhos, que com certeza já tinha visto melhores dias. Rodger se lembrou de tê-lo visto no dia anterior. Era o cachorro que estava dormindo perto do quadro de avisos.

– Olá – falou Rodger.

O cachorro latiu, baixinho, e inclinou a cabeça para o lado.

– Pois não?

– Você é *ele*, né? – perguntou o cachorro, com uma voz áspera, mas amigável.

– Ele quem?

– O cara novo de quem Quebra-Ossos estava falando.

– Acho que sim. Meu nome é Rodger.

– Sim, você é ele mesmo. Então me diga, Rodger: é verdade? – o cachorro parecia nervoso.

"Finalmente", pensou Rodger, "alguém que acredita em mim."

– Sim, é tudo verdade – falou ele.

– Ah, nossa – respondeu o cachorro, balançando a cauda. – E... e... como ela está, Rodger?

– Você se lembra dela?

– Claro que sim. Claro.

– É que ninguém mais aqui parece se lembrar dela. Estão agindo como se nunca a tivessem conhecido, mas ela estava aqui hoje de manhã.

– Sem querer ser deselegante, Rodger, mas duvido que ela estivesse *aqui*. Eu teria visto. Ela não vem aqui há anos.

– Não, você está enganado. Claro que estava. Foi ela quem me mostrou tudo por aqui.

– Não estou entendendo.

– Mas, como foi devorada pelo sr. Tordo, ninguém se lembra dela, a não ser...

O cachorro soltou um latido de susto e irritação.

– O quê? Como é?! Como assim, ela foi devorada? Sr. Tordo? *Aquele* sr. Tordo?

– Foi isso que eu contei para todo mundo.

– Como isso é possível? Dizem que ele só se alimenta de imaginários. Ninguém nunca falou que ele comia pessoas *reais*.

— Mas... mas a Emília não era real.

— Quem é Emília?

Rodger abriu a boca, mas não disse nada. Ele a fechou de novo. Havia algo de *errado* naquela conversa. De repente, ele se deu conta de que os dois não estavam falando sobre a mesma pessoa.

— De quem você está falando? – perguntou ele ao cão.

— Elisabete Tristão – respondeu o cachorro, derrubando um livro da prateleira ao agitar a cauda. – A minha Elis.

— Ah – falou Rodger. – Quem é ela?

— Foi a minha primeira amiga. Ela me imaginou. Muito tempo atrás. Muito tempo mesmo.

— Mas o que isso tem a ver comigo? – questionou Rodger.

— Ouvi dizer que a sua amiga era filha da minha.

— Não, deve ser algum engano. A minha... amiga... ela se chama Amanda. Amanda Mexilhão.

— Sim, a *sua* Amanda é filha da *minha* Elis.

Rodger coçou atrás da orelha enquanto pensava.

— Só o que eu quero saber é... bom, ela é feliz? – perguntou o cão. – Ela virou uma adulta feliz?

— Acho que sim – falou Rodger. – Ela fica muito tempo trabalhando no computador, mas mesmo assim leva a gente ao parque e ao clube, e enquanto o computador pensa ela faz bolos deliciosos. Você precisa sentir o cheiro que eles têm! E ela dá risada de tudo o que a Amanda faz, mesmo as coisas mais bobas. Ela fica sorrindo às vezes, quando a Amanda não está olhando. E, quando a gente vai para a cama, às vezes eu escuto a risada dela ao telefone, ou quando está vendo tevê. Não conheço muitos adultos, mas acho que ela é feliz. Quer dizer, ela fica irritada com a Amanda às vezes. Mas não acho que ela seja infeliz. Bom, pelo menos não até...

– Ela...? – perguntou o cão, interrompendo Rodger antes que ele concluísse a frase que não queria terminar.

– O quê?

– Ela falava... de mim?

– Hã...

– Freezer.

– Como?

– Meu nome é Freezer. Caso isso ajude. Quer dizer, ela não diria "Ah, como eu queria que o meu cachorro imaginário estivesse aqui agora", mas pode ter mencionado uma coisa do tipo "Tenho saudade do Freezer" de vez em quando. E você não ia entender nada, né?

O cachorro o encarou com um olhar tão ansioso e cheio de esperança que Rodger não quis decepcioná-lo. Começou a vasculhar seu cérebro em busca de algo que a mãe de Amanda pudesse ter dito. Era difícil, em parte, porque ela falava um montão de coisas, mas em parte também porque isso o fazia pensar em Amanda e em todas as coisas que queria ouvir da boca *dela*.

Foi quando ele teve uma ideia: – Não sei se isso significa alguma coisa – ele começou –, mas ela deu o seu nome para um armário da cozinha. O lugar onde ela guarda os congelados.

– Ah! – falou o cão.

Isso pareceu deixá-lo feliz.

Na manhã seguinte, Rodger estava diante do quadro de avisos, olhando para os diferentes rostos expostos ali. Havia mais de duas dezenas, encarando-o das fotografias. Como escolher? Qual poderia ser o responsável por sua volta para casa? Qual poderia levar Rodger ao hospital e ajudá-lo a encontrar Amanda? Como aquilo funcionava?

Emília não tinha explicado nada, só falou que na hora ele saberia.

Freezer estava dormindo ali perto, como sempre, à espera. Quando começou a examinar as fotos, ele ouviu o velho cão bocejar.

– Ah, Rodger – ele falou. – Já amanheceu?

– Já – respondeu Rodger, um pouco irritado por ser interrompido em uma tarefa importante, mas por outro lado contente por ter com quem conversar. – Como é que eu faço isso?

– Escolher? – perguntou Freezer.

– É.

– É só não pensar demais.

Rodger tentou não pensar.

– Por que você não escolheu ninguém? – ele questionou. – A Emília falou que você está aqui há um tempão e não escolhe ninguém.

– Eu sou velho, Rodger – rebateu Freezer com mais um bocejo. – Já escolhi muita gente. Agora estou esperando o meu último trabalho. Só mais um e eu vou estar pronto para Sumir.

– Sério?

– Sim. A gente se cansa. Eu já estou ficando enevoado nas extremidades. E estou bem magro, como você pode ver.

– Desculpe pela falta de delicadeza, mas você dorme o tempo todo.

– Como eu falei, a gente se cansa.

– Mas como você vai escolher uma dessas... – Rodger apontou para as fotos – se está dormindo?

O cachorro deu risada, uma espécie de latido curto e caloroso, e balançou a cabeça.

– Eu vou saber – ele falou. – Quando chegar a hora, eu vou saber.

Ele abriu a boca em um bocejo enorme e andou em círculos várias vezes antes de se deitar.

– Agora com licença – ele falou. – Você é um bom menino, Rodger. Eu gosto de você.

Logo em seguida o cão dormiu de novo, soltando roncos pelo nariz preto e úmido.

Rodger se voltou de novo para o quadro de avisos.

Enquanto ele olhava, as fotografias iam entrando uma na frente da outra. Elas não ficavam paradas. Uma sempre abria caminho até a frente e dominava seu campo de visão, como se quisesse ser escolhida, e depois recuava, sendo substituída por outra imagem. Era como ver uma procissão de rostos flutuando na superfície do mar.

Mas para Rodger todas as crianças eram iguais: nenhuma delas era Amanda.

Nenhuma delas parecia adequada para o passo seguinte de seu plano. Aquilo era inútil.

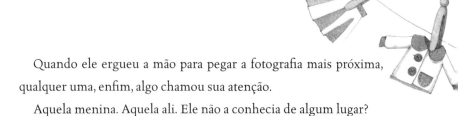

Quando ele ergueu a mão para pegar a fotografia mais próxima, qualquer uma, enfim, algo chamou sua atenção.

Aquela menina. Aquela ali. Ele não a conhecia de algum lugar?

NOVE

Naquela manhã, Júlia Rabanetto abriu seu guarda-roupa e ficou olhando lá para dentro.

– Quem é você, e o que está fazendo no meu guarda-roupa? – ela perguntou sem perder a calma, mas escondendo o pijama sob o roupão.

A menina para quem estava olhando, que tinha mais ou menos a altura dela, mas com cabelo ruivo comprido e cacheado com um laço no topo da cabeça e bochechas sardentas, estendeu a mão e falou:

– Oi, eu sou o Rodger.

Júlia olhou para ela e deu uma risadinha.

– Roger? – ela questionou. – Acho que não. Você tem mais cara de Verônica para mim.

– Verônica?

A menina no guarda-roupa sacudiu a cabeça e deu um sorrisinho, como se Júlia tivesse feito uma brincadeira, apesar de Júlia estar falando bem sério.

– Não, é Rodger – repetiu a menina. – Sou amigo da Amanda.

– Amanda? – repetiu Júlia. – Amanda?

– É, a sua amiga Amanda.

Júlia ficou olhando para o nada antes de perguntar: – Mexilhão?

– É.

– A Mexilhão Sem-Noção?

– Não, *Amanda* Mexilhão.

– E ela é sua amiga?

– Sim, mas eu conheço você também. Ela me levou à escola uma vez.

Júlia mordeu o lábio e inclinou a cabeça para o lado, do mesmo jeito como Amanda fazia quando estava pensando em alguma coisa. Mas, quando Júlia fez isso, simplesmente não tinha o mesmo charme. Parecia que ela havia ensaiado na frente do espelho, porque achava que era assim que as pessoas ficavam quando pensavam, e não queria ser diferente.

– Amanda tinha um amigo imaginário chamado *Roger* – Júlia disse por fim. – E falava sobre ele às vezes. Mas eu nunca... – ela se interrompeu e se corrigiu. – Não, espera aí. Você tem razão. Ela fingiu *mesmo* que ele estava lá uma vez. Fez todo mundo apertar a mão dele. Foi muito engraçado, a gente teve de se segurar para não rir. Ela é esquisita. É o que todo mundo diz – a menina no guarda-roupa fez que não com a cabeça e bateu o pé com força.

— Ela não é *esquisita* — esbravejou a menina. — A Amanda é genial, e é R*od*ger, não R*o*ger. E, para o seu governo, você me deu uma porrada na barriga quanto tentou apertar minha mão.

— Não, não pode ser — respondeu Júlia. — Aquele Roger era um menino.

— Eu *sou* um menino!

Júlia tossiu. Era o tipo de tossida que as pessoas davam quando não queriam apontar os equívocos de alguém em voz alta. Ela mediu a garota de cima a baixo, usando seus olhos em vez das mãos para indicar o equívoco que claramente estava ocorrendo ali. A menina ruiva no guarda-roupa olhou para si mesma, mexeu na barra da saia e passou os dedos pelo cabelo comprido e cacheado e ergueu um pé para examinar o tênis cor-de-rosa.

— Eu sou uma *menina*? — ela perguntou, olhando para Júlia. Parecia perplexa, surpresa, atordoada.

— Dã! — falou Júlia, como se fosse a coisa mais óbvia do mundo, e era mesmo.

— Mas eu sou...

— Verônica — Júlia concluiu por ela. — E é a *minha* nova amiga.

Rodger não percebeu quando aconteceu. "Seria de se esperar que a pessoa sentisse alguma coisa, não?", ele pensou.

Ele atravessou a biblioteca e foi até o Corredor com a foto de Júlia na mão, exatamente como Emília tinha feito com a de João Junqueira. Até então, estava tudo normal. Ele empurrou a porta quase real e caminhou pela passagem revestida de papel de parede com florzinhas azuis. E mesmo *então* estava tudo normal. Ele abriu a outra porta e...

Júlia abriu a porta e o encontrou.

Só que não encontrou *Rodger*.

Encontrou *Verônica*.

A explicação para isso era bem simples: Rodger era o amigo imaginário de Júlia agora, então sua aparência era a que ela queria. E ela queria que ele fosse uma menina chamada Verônica.

Emília não avisou que isso poderia acontecer.

Isso não parecia nada justo.

Ele ainda *se sentia* como Rodger. Conseguia se lembrar de tudo o que havia feito na vida como Rodger. Ainda se lembrava de ter subido em árvores e descido na boca de vulcões com Amanda, mas agora seu cabelo ruivo ficava caindo sobre o rosto, e suas pernas já estavam ficando geladas por baixo da saia.

Mas Rodger precisava encarar a realidade. Ele tinha virado menina.

Júlia levou Rodger lá para baixo para o café da manhã.

– Mãe – ela falou. – Quero que você conheça a minha nova amiga.

– Uma amiga, querida? – sua mãe perguntou, olhando por cima do ombro e lavando a louça na pia.

– Sim, ela chegou hoje de manhã, então deve estar com fome.

– Como assim, querida? Que amiga?

– Ela estava no meu guarda-roupa. Está tudo certo, o nome dela é Verônica.

Sua mãe pôs com cuidado uma caneca recém-lavada no escorredor e se virou.

– Júlia, você não deveria trazer amigas para casa sem me avisar antes. Ainda não passei o aspirador, e o seu pai precisa limpar o aquário. O que as pessoas vão pensar?

– Ah, ela não liga. Morava na casa da Amanda, e a mãe dela *nunca* limpa nada, todo mundo sabe disso.

A mãe de Júlia ficou em silêncio por um instante, absorvendo as palavras da filha. Havia muitas palavras sendo ditas ali, e muitas delas não faziam o menor sentido.

– Como assim, ela "morava na casa da Amanda"?

– Bom, antes ela era Roger, amigo da Amanda, mas agora é minha amiga Verônica.

– Amanda? Amanda Mexilhão? Da sua classe na escola?

– É – confirmou Júlia. – Mas ela é esquisita demais, então a Verônica teve de procurar uma amiga melhor. Foi por isso que ela me procurou. Ai!

– Que foi?

– A Verônica me chutou.

– Ela está aqui?

– Claro que sim. Está parada bem ali.

Júlia apontou para Rodger.

Sua mãe examinou com atenção o espaço vazio.

Com certeza era um espaço, e com certeza estava vazio.

– Querida – ela falou, cautelosa.

157

– Quê?

– Não tem ninguém aí.

(Essa frase foi dita em um quase sussurro temeroso.)

– Bom, isso é porque *você* não consegue enxergar. Ela é imaginária.

– Imaginária?

– Dã!

Rodger não ganhou nada para comer no café da manhã da mãe de Júlia.

Ela não parecia muito convencida de sua existência, ao contrário da mãe de Amanda. Ela, sim, o tratava bem, dizia bom dia mesmo quando ele não estava por perto. A mãe de Júlia não era assim. Enquanto Júlia estava no balcão tomando o café da manhã, a mãe dela estava na sala, falando ao telefone.

– Acho que ela bateu a cabeça – Rodger a ouviu dizer. – Está vendo coisas. Preciso marcar uma consulta com urgência. Estou com medo de que ela piore.

Rodger, ou Verônica, sentou-se em um banquinho no balcão, ao lado de Júlia.

– Júlia – ele falou.

– Que foi? – ela perguntou enquanto mastigava o cereal.

– Você sabe da Amanda?

– O que tem ela?

– Sabia que ela foi atropelada?

– Atropelada?

– É, uns dias atrás. Foi lá no clube.

– Como assim, atropelada? Por alguém que passou correndo ou coisa do tipo?

– Não. Por um carro. No estacionamento.

Júlia baixou a colher.

– Fala sério! – ela exclamou. – Que idiota. Como é que alguém consegue ser atropelado no estacionamento? Os carros ficam todos parados.

Rodger a encarou por um momento. Não sabia se ela estava fazendo uma piada ou não. Caso *estivesse*, ele não achou a menor graça. Por outro lado, se *não fosse* piada, então ela era bem insensível.

– Não. O carro estava andando – ele contou. – A gente estava fugindo e...

– Não quero nem ouvir – Júlia interrompeu, erguendo a mão para que ele se calasse. Então se inclinou mais para perto e sussurrou: – Ela... hã...?

– Não – respondeu Rodger. – Ela não morreu. Eu achei que sim, mas o gato me contou que...

Júlia ergueu a mão outra vez.

– Certo, Verônica – ela falou. – Sei que você é nova aqui, mas tem umas regras que precisa saber. Para começo de conversa, nesta casa ninguém nunca começa uma frase com as palavras "O gato me contou...". Ninguém fala isso. É loucura. Não quero ter uma amiga imaginária *esquisita* que vê gatos falantes. Fala sério. Em segundo lugar, fico feliz que a Amanda não tenha morrido, claro, mas você não pode parar de falar só nela? Eu falei que você era *minha* amiga agora. Se continuar falando que ficar com ela era o máximo, vou parar de acreditar em você. Entendeu bem?

Rodger ficou um tanto desconcertado com aquela reação.

Amanda sempre disse coisas boas sobre Júlia, que as duas se divertiam muito na escola e dividiam seus sanduíches no recreio. A Júlia que ele estava conhecendo, porém, era um caso bem diferente.

– Preciso de você – falou Rodger. – Preciso que me leve até o hospital. Eu tenho de encontrar a Amanda.

Júlia cruzou os braços e fez que não com a cabeça.

Em seguida, ela derrubou a tigela no chão.

A tigela se espatifou em meio a uma poça de leite e cereais, e a colher saiu tilintando sobre o piso de porcelana.

A mãe dela apareceu correndo, abrindo a porta às pressas.

– Querida? O que aconteceu?

Júlia fechou a cara e falou, apontando para Rodger: – Foi a Verônica. Ela que derrubou.

Rodger estava acostumado a levar a culpa por acidentes e por coisas que não eram *exatamente* acidentes, mas que não deveriam ter acontecido da maneira como aconteceram. Sempre que o culpava, porém, Amanda o espiava de canto de olho, fazia uma figa e dava uma piscadinha.

Nos olhos de Júlia, por outro lado, só o que ele viu foi maldade.

A mãe de Amanda sempre ouvia pacientemente as justificativas da filha antes de mandá-la pegar a vassoura e a pá para limpar a sujeira ou escrever um bilhete de desculpas para o vizinho envolvido.

Já a mãe de Júlia, assim como a própria Júlia, não parecia saber exatamente o que significava ter um amigo imaginário.

– Ah, querida – ela falou em um tom de lamento e puxou a filha para junto de si, acariciando suas costas e beijando-a na cabeça. – Coitadinha. Coitadinha de você.

A casa dos Rabanetto, aos olhos de Rodger, parecia ser um lugar carregado de tensão, onde se fazia muito barulho por nada.

E ir até lá não ia ajudá-lo em nada a se aproximar de Amanda. Na verdade, depois de conversar com Júlia, ele sentiu Amanda mais distante do que nunca.

Depois do café da manhã, o chão foi varrido e enxugado (por uma mulher silenciosa de avental que ia até lá duas vezes por semana para limpar), e Rodger foi com Júlia para o andar de cima.

– Hoje é dia de limpeza – ela contou. – Precisamos juntar todas as roupas sujas para lavar.

– Não é o contrário? – perguntou Rodger, tentando fazer uma piadinha.

Júlia parou no meio da escada e se virou para encará-lo.

– Verônica Sandra Julieta Rabanetto. Você é a menina mais burra que eu já vi na vida. *Claro* que não é o contrário. Quem é que pega

todas as roupas limpas para sujar? Seria melhor se você pensasse antes de abrir a boca.

Rodger, que jamais imaginou que pudesse ter tantos nomes assim, pensou por um momento e rebateu: – Mas, se ninguém pegar as roupas limpas e sujar, por que elas precisariam ser lavadas?

– Porque sim – respondeu Júlia, com um tom de quem encerra a conversa. – Porque sim, só isso – ela acrescentou para reforçar seu argumento antes de se virar e subir o restante da escada batendo os pés.

O que surpreendeu Rodger ao ir atrás dela foi que, em vez de pegar um cesto de roupas sujas e levar para a máquina de lavar, Júlia se sentou na frente de uma enorme casa de bonecas e abriu as paredes.

Lá dentro havia mais de uma dezena de bonecas dos mais variados formatos e tamanhos, sentadas em poses impecáveis nas cadeiras e poltronas.

Amanda até tinha algumas bonecas, mas nenhuma como aquelas. Ao que parecia, Júlia não cortava os cabelos de suas bonecas com a tesoura nem colava papel alumínio nelas para parecerem robôs. O que era uma pena, aliás.

– Verônica – falou Júlia. – Presta atenção. Vamos fazer uma pilha aqui – ela apontou para um pedaço do carpete – com as roupas sujas. Você começa daí e eu daqui.

Com cautela, ela pegou a primeira boneca e começou a despi-la, estendendo as roupinhas cuidadosamente no local que havia apontado no carpete.

Rodger se sentou ao lado dela, sentindo o carpete áspero pinicando suas pernas.

Ele se ajeitou melhor e pôs a saia mais para baixo. Se ela queria ter uma amiga menina, bom, ele podia até aprender a conviver com isso, mas por que não uma menina de calça? Isso era pedir muito?

Ele puxou uma das bonecas da casinha pelos pés.

– Não! Não! Com cuidado – repreendeu Júlia, parecendo irritada. – A Hilda não gosta de ficar de cabeça para baixo. Cuidado.

Rodger a colocou de cabeça para cima. Com cuidado.

Ele olhou para o vestido da boneca.

– Este aqui parece limpo – ele comentou.

– Me dá aqui.

Júlia estendeu a mão.

Rodger entregou a boneca.

Júlia a olhou bem de perto, cheirou e devolveu.

– Está sujo – ela falou.

Cinco minutos depois, eles estavam diante de uma pilha do que Júlia chamava de roupas sujas, mas que para Rodger pareciam roupas e nada mais, e uma casa de bonecas cheia de bonecas nuas.

– Agora vamos lavar! – falou Júlia, saindo do quarto e tomando o caminho do banheiro.

Rodger foi atrás, com uma pilha de roupas em cada mão.

Não era isso que ele esperava para aquela manhã.

Por um lado, ele estava a salvo do sr. Tordo. Júlia acreditava nele (bom, em Verônica, pelo menos), e por isso não estava Sumindo.

Por outro lado, não estava nem um pouco mais perto de encontrar Amanda. Júlia, que ele pensou que pudesse ser uma linha direta para sua amiga, havia se mostrado um beco sem saída. Não tinha a menor intenção de ir ao hospital e, se ela não fosse, Rodger também não poderia ir.

Ele precisava de um plano. Um novo plano. Um plano adicional.

Tentou elaborar um enquanto lavavam as roupas de bonecas na pia do banheiro, com sabão em pó e água fria.

— Minha mãe não gosta que eu use água quente — explicou Júlia quando Rodger perguntou. — Eu posso me queimar, e *além disso* gasta muita eletricidade.

"Como alguém vai parar no hospital?", Rodger se perguntou enquanto ela subia na tampa do vaso para pendurar as roupinhas no fio de varal estendido no banheiro.

"Amanda foi para lá de ambulância, certo? E a ambulância vem quando acontece um acidente."

Mas para Rodger não era possível sofrer um acidente. Não um do tipo que o mandasse para o hospital. Para começo de conversa, ele precisava ser visto para que a ambulância fosse chamada, e além disso teria de estar machucado, o que ele não achava que fosse possível.

Ele não era real, e se machucar era uma coisa restrita às pessoas reais, ele concluiu. Afinal, tinha sido atropelado junto com Amanda, pelo mesmo carro, e só rolou para o chão e se levantou com um

ralado no joelho e um cotovelo esfolado, e mesmo esses ferimentos leves desapareceram antes que precisasse se preocupar com eles.

Para um imaginário se machucar, o amigo real precisaria *imaginá-lo* ferido, assim como Júlia o imaginava de vestido e cabelo ruivo. E esse não era o tipo de coisas que amigos faziam.

"Mas há uma maneira", ele pensou. Um plano surgiu em sua cabeça. Era perigoso, e podia dar muito errado, mas, caso funcionasse, caso o tiro não saísse pela culatra, poderia levá-lo ao hospital.

Mas ele faria aquilo? Teria coragem? Era uma boa ideia? Não era exatamente uma coisa que um amigo faria, mas ele sentia que não havia outra escolha.

– Júlia? – a mãe dela gritou lá de baixo.

– Sim? – Júlia berrou de volta.

– É... hã... A Verônica ainda está aí?

– Sim, mãe. Estamos no banheiro.

– Hã... o que vocês estão fazendo?

– O que você acha que estamos fazendo? – Júlia gritou com um tom de deboche. – Eu disse que estamos no banheiro.

A mãe dela se afastou.

Rodger reviu seu plano. Olhou para a fileira de roupinhas pingando na banheira e olhou para Júlia. Então, era isso que ela fazia por diversão, ele pensou consigo mesmo. Quanto antes ele voltasse para Amanda, melhor para todo mundo. Era o único jeito.

– O que nós vamos fazer agora? – ele perguntou. Júlia pensou por um instante, enxugando as mãos na toalha.

– Beber um copo de suco, acho. Depois desse trabalhão todo.

Ela caminhou até o patamar da escada. Rodger foi atrás.

Ele repassou seu plano pela última vez, torcendo para que fosse a coisa certa a fazer. – Desculpa – ele murmurou.

Quando Júlia ia começar a descer as escadas, ele enroscou seu pé no tornozelo dela e deu um empurrão com as duas mãos e a mandou voando lá para baixo.

DEZ

Júlia tropeçou no alto da escada e saiu voando pelo ar.

– Aaaaaahhh! – ela gritou ao cair.

Nesse momento, para sorte dela, sua mãe estava chegando ao corredor, com o telefone na mão e dizendo: – Querida, ponha os sapatos, eu...

Diante da surpresa de ver a filha despencando em sua direção, ela largou o telefone e estendeu os braços instintivamente.

Júlia aterrissou sobre ela e as duas cambalearam para trás, sem chegar a cair, apenas batendo as costas na porta.

– O que aconteceu? Você está bem? – sua mãe perguntou quando recuperou o fôlego.

– A Verônica me empurrou – contou Júlia, quase chorando.

– Já chega – sua mãe falou, sem perder a calma, mas com firmeza. – O que eu ia dizer era exatamente que consegui uma consulta com um médico diferente e especial.

– Médico? Eu não estou doente. Não preciso ir ao médico.

– Ah, querida – sua mãe falou, afastando uma mecha de cabelo de seu rosto. – Você não sabe o que está dizendo. Se ainda está vendo essa Verônica, se acha que foi ela quem derrubou você, então acho que precisa ir ao médico, *sim*.

– Eu detesto médicos – retrucou Júlia, afastando-se da mãe. – Eles têm um cheiro engraçado e as mãos geladas.

Sua mãe pegou o telefone do chão.

– Mesmo assim, querida, nós temos uma consulta no hospital daqui a quarenta e cinco minutos.

– Mas...

– Calce os sapatos.

Ainda no alto da escada, Rodger estava se sentindo péssimo.

Assim que deu a rasteira em Júlia, ele se deu conta de que seu plano era *errado*, mas era tarde demais para impedir que suas mãos a empurrassem. O plano não era errado no sentido de que não iria funcionar, e sim no sentido de fazê-lo se sentir mal consigo mesmo.

Por mais que ele precisasse ir ao hospital encontrar Amanda, não deveria machucar outra pessoa para chegar lá. O que Amanda diria sobre isso? Teria ficado brava com ele? Júlia era sua amiga, e ela ficaria chateada se descobrisse que Rodger a machucou.

Ainda bem que a mãe de Júlia apareceu naquele exato momento. Isso o fez se sentir um pouco melhor.

E, então, ele ouviu o que a mãe dela falava. Ela levaria Júlia ao hospital. Era a chance que ele estava esperando. No fim das contas, tinha dado certo!

Ele viu Júlia sair arrastando os pés quando sua mãe abriu a porta da rua.

– Mãe – ela protestou.

Ele desceu as escadas na ponta dos pés.

Júlia olhou feio para ele. – Você me empurrou – ela falou.

Sua mãe empurrou a porta e sussurrou: – Ela ainda está aí, querida?

– Ela está na escada. Acho que quer ir com a gente.

– Ah – sua mãe falou. – Acho que o médico pode querer que ela vá também.

– Não – rebateu Júlia, cerrando os dentes e se virando de costas. – Ela vai ficar aqui. Estou com ódio dela.

Rodger sentiu um leve formigamento no pé esquerdo quando ela disse aquelas palavras. Ele reconheceu a sensação. Já a havia experimentado antes. Era o primeiro sinal do que acontecia pouco antes de começar a Sumir.

Ele realmente não era bom nesse negócio de ser um amigo imaginário.

Tinha estragado tudo. Completamente.

Júlia bateu a porta antes que Rodger pudesse sair.

Ele virou a maçaneta, mas a mãe de Júlia tinha trancado a porta por fora. Ele estava preso dentro da casa.

Rodger correu até a cozinha. Havia uma porta dos fundos ali. Ele havia visto no café da manhã, mas quando tentou abrir viu que estava trancada também.

E as janelas?

Ele teria de subir na bancada e tirar o vaso de flores do caminho, mas, de qualquer forma, as janelas tinham tranca, e Rodger não sabia onde estava a chave.

Não valia a pena perder tempo procurando. Júlia e sua mãe já deviam estar no carro àquela altura, e em questão de segundos sairiam para o hospital.

Ele olhou ao redor. Tinha chegado muito perto. Enfim, alguém iria para o hospital, mas não era ele. Rodger sentiu vontade de gritar de raiva. Em vez disso, deu um chute no banquinho no qual se sentou no café da manhã.

O móvel saiu rolando pelo chão.

Rodger deu uma olhada para o local onde o banquinho foi parar, perto da porta dos fundos, e reparou em algo que não tinha visto enquanto tentava abri-la.

Havia uma portinhola para gatos.

Ele se ajoelhou e enfiou a cabeça para fora.

A portinhola estava destrancada, o que era bom, e sua cabeça estava do lado de fora, sentindo o ar fresco do quintal, mas seus ombros não passavam.

Em algum lugar ali perto ele ouviu o som de um motor sendo ligado, um motor de carro.

Ele sentiu o formigamento nos pés, e depois nas mãos.

Se ele estava sendo ignorado – sendo *desacreditado* por Júlia –, talvez pudesse usar isso a seu favor. Rodger pensou em Amanda, tentou se lembrar de como se sentiu antes de encontrar Zinzan, quando achou que estava sozinho no mundo. De como seu corpo pareceu quase imaterial naquele momento.

Ele precisava pensar que ela estava morta, precisava acreditar que Júlia o odiava. Tentou se lembrar de Emília, que também estava morta, mas não conseguiu se recordar muito bem de sua aparência. Ela estava Sumindo de sua memória, assim como havia acontecido com todos os demais.

Um cheiro de pólvora se ergueu no ar, o tipo de odor que se sente depois de atirar com uma pistola dez vezes seguidas, mas ninguém tinha disparado arma nenhuma.

Rodger estava Sumindo.

Ele se contorceu e empurrou, sentindo seus ombros ficarem moles.

A borda plástica da portinhola para gatos pareceu arenosa contra seu corpo, e com um *plof* repentino ele passou, caindo no quintal.

Despencar no chão não doeu nada.

Ele se levantou. Estava se sentindo muito triste. Seu coração doía. Ele só queria se sentar e deixar acontecer, mas quando ouviu o som dos pneus contra o cascalho e o barulho de um carro se afastando, lembrou-se do motivo por que estava ali.

Rodger ficou de pé, sentindo o chão endurecer sob seus pés outra vez, e correu. Ele abriu o portão lateral e saiu a toda velocidade.

O carro da mãe de Júlia estava saindo de ré. Ele viu que ela estava olhando por cima do ombro enquanto manobrava, e Júlia estava no banco de trás, apontando para ele, dizendo algo que Rodger não conseguiu entender.

Quando percebeu que de jeito nenhum Júlia o deixaria entrar no carro, ele fez a única coisa que lhe veio à mente.

Ele saiu correndo, saltou sobre o capô e se agarrou aos limpadores do para-brisa.

A mãe de Júlia não conseguia vê-lo, obviamente, portanto, não estava bloqueando a visão dela. Júlia, porém, era capaz de enxergá-lo, e estava apontando e gritando do banco traseiro.

Rodger não conseguiu entender nenhuma palavra.

Mas de uma coisa ele tinha certeza. Enquanto estivesse agarrado ao capô, bem na frente dela, não havia como Júlia *não acreditar* nele. Ele se sentiu mais real do que em qualquer outro momento do dia, com o metal quente sob o peito e o vidro frio contra os dedos.

O carro arrancou, e o vento, que até então não o preocupava, passou a ser uma preocupação relevante.

Rodger nunca tinha andado no capô de um carro antes, e muito menos de vestido. Amanda sempre o encorajava a se abrir para novas experiências, e naquela manhã já eram duas.

O vento levantou o vestido acima de sua cabeça, instalando-se como um cobertor sobre o para-brisa, expondo suas pernas – e qualquer que fosse a roupa de baixo que Júlia imaginou – para o mundo todo. Ainda bem, Rodger pensou, que ele não era real. (E ainda bem que ela não o imaginou sem roupa de baixo.) Aquilo teria sido *incrivelmente* vergonhoso, em vez de, bom, apenas *muito* vergonhoso.

Para Júlia, que estava vendo tudo de dentro do carro, a visão do vestido de Verônica encobrindo o para-brisa era algo ao mesmo tempo bizarro e preocupante. Por um lado, ela não estava conseguindo enxergar o que vinha pela frente, o que era engraçado, mas, por outro, o *para-brisa inteiro* estava encoberto, e sua mãe continuava dirigindo.

Júlia não sabia dirigir, mas tinha a impressão de que poder ver para onde estava indo era uma coisa importante para os motoristas.

– Mamãe – ela falou, com uma ansiedade perceptível na voz.

– Sim, querida? – disse sua mãe.

– Ela ainda está aí.

– No capô, querida? – sua mãe parecia calma. Estranhamente, até.

– É. Liga os limpadores.

– Mas não está chovendo.

– Liga.

A mãe de Júlia, sem saber o que fazer com a filha, cuja histeria no banco de trás crescia a cada minuto, acionou a alavanca, e os limpadores começaram a se mover.

Rodger segurou firme.

Finalmente o carro parou, no estacionamento do hospital.

— Pronto, querida — falou a mãe de Júlia quando elas desceram do carro. — Estamos procurando uma placa que diz "Psicologia infantil". Você me ajuda a procurar?

Elas saíram andando na direção do enorme edifício. As centenas de janelas reluziam sob o sol, como a face iluminada de um precipício. Júlia olhou para o carro uma última vez e soltou uma risadinha maligna.

Quando o carro parou, Rodger estava todo dolorido e morrendo de frio por baixo do vestido. Aquela situação teria sido bem mais fácil de tolerar se estivesse de calça. Amanda com certeza lhe daria pelo menos uma calça, ele pensou. (Mas, pensando bem, se Amanda achasse que Rodger *conseguia* pegar carona no capô do carro, já teria feito isso com ele, só por diversão. Ele tentou se lembrar de nunca mencionar isso perto dela, só por precaução.)

Depois que Júlia e sua mãe saíram do carro, ele desceu do capô. Suas pernas oscilavam como se tivesse acabado de sair de um pula-pula, ou de uma máquina de lavar.

Ele foi se olhar no espelho lateral do carro, e deu de cara com a menina ruiva em que havia se transformado. Quando o mundo finalmente parou de chacoalhar como um navio à deriva, ele se aprumou e foi andando na direção da porta do hospital.

ONZE

Rodger tinha de tirar o cabelo do rosto o tempo todo, e ainda segurar o vestido para que não subisse, a cada rajada de vento. Ele não tinha nenhuma prática em se vestir daquela maneira. Ia precisar de um tempo de adaptação.

Ele se perguntou quanto tempo duraria. Agora que Júlia o havia rejeitado, ele voltaria ao normal ou ficaria assim para sempre, ou seja, até Sumir? O formigamento estava voltando.

Sua primeira tarefa era encontrar Amanda. Essa seria a solução, não? Ela o imaginaria de novo da maneira como *deveria* ser.

Rodger caminhou até as portas de vidro na entrada do hospital. Elas se abriram quando ele se aproximou. Ele se sentiu acolhido. Bem-vindo. Depois de tudo pelo que passou, um pouco de cortesia com certeza fazia bem para seu estado de espírito.

Ele foi até a recepção.

Havia um balcão com uma placa com a palavra "informações" pendurada logo acima. Ali saberiam dizer onde Amanda estava, mas...

Mas ele era um imaginário. A pessoa do outro lado do balcão não conseguiria vê-lo.

Só que isso não era problema, certo? Ele só precisava passar para o outro lado e consultar uma lista de quartos ou coisa do tipo. Não devia ser muito difícil, né?

Um instante depois, ele estava atrás do recepcionista, espiando as pastas cheias de papéis por cima do ombro dele. Nada ali parecia ser muito promissor. O hospital era enorme, as listas tinham páginas e mais páginas, e Rodger não sabia o que significavam as abreviações e os números ao lado do nome de cada pessoa.

Tudo aquilo era mais do que inútil.

Talvez, se ele encontrasse a placa indicando a ala onde ficavam as crianças (as crianças ficavam todas no mesmo espaço, não?), poderia visitar cama por cama. Talvez assim fosse melhor.

Enquanto pensava no que fazer, ele olhou para a frente.

As portas automáticas se abriram, e um homem estava entrando. Rodger o reconheceu em um instante. A maneira como ele passava a mão no bigode. O modo como colocou os óculos escuros sobre a careca. A maneira como sua aparência era idêntica ao do sr. Tordo.

Era o sr. Tordo.

Rodger se agachou, e dez segundos depois ouviu a voz do homem falando com o recepcionista.

– Mexilhão. Qual é o número do quarto?

– Mexilhão? Qual é o primeiro nome?

– O meu?

– Não, do paciente. Só o sobrenome não serve.

– Ah, entendi. Sim, claro. O nome dela é... *Amanda* Mexilhão.

O recepcionista passou o dedo por várias folhas de papel antes de encontrar o que procurava.

– Quarto andar – ele informou. – Quarto 117. Mas o horário de visita só começa depois do almoço. De manhã só é permitida a entrada da família. Ou... o senhor é da família?

– Não – respondeu o sr. Tordo, sacudindo a cabeça. – Eu não sou parente dela. Sou um amigo da família. Só à tarde, então?

– A partir das duas.

– Muito bem. Eu espero.

– À vontade – respondeu o recepcionista, voltando a mexer em sua papelada.

Depois de alguns segundos, ele ergueu os olhos outra vez.

– Posso ajudar em mais alguma coisa? – ele perguntou.

– Esse cheiro? – o sr. Tordo questionou, fungando. – Estou sentindo um cheiro estranho. Você não está sentindo?

– Ah, é o pessoal da faxina – respondeu o recepcionista. – Eles começaram na segunda-feira, e eu já avisei para não usarem esse material com cheiro de limão. As pessoas têm alergias e coisas do tipo. Quer dizer, estamos em um hospital, não?

– Humm – fez o sr. Tordo, ignorando o recepcionista e falando consigo mesmo. – Não é limão. Não é... nada.

Depois de um instante, ele se afastou. Rodger ouviu seus passos ao longe. Havia uma caneta no chão ao lado do pé do recepcionista. Ele a apanhou e escreveu os números 4 e 117 nas costas da mão. O sr. Tordo tinha sido útil ali.

Mas por que *ele* estava procurando Amanda?

E que cheiro ele sentiu? Seria o de Rodger? Diziam que ele conseguia farejar quem estava Sumindo. Foi assim que ele encontrou no outro dia a menina de cujo nome Rodger não se lembrava. Rodger espiou pela lateral do balcão. O sr. Tordo estava sentado em um banco perto da porta, folheando um jornal.

Rodger correu, fazendo o mínimo de barulho possível, para uma porta com uma placa escrito "escada".

Rodger passou por várias portas que se abriam para enfermarias de paredes coloridas cheias de crianças doentes e por quartos cheios de máquinas que faziam *bipe* ocupados por adultos pálidos.

Em um dos quartos uma garotinha estava sentada em uma poltrona ao lado de uma cama. Ela olhou para fora e percebeu que ele a observava. Ela sorriu.

Rodger sorriu de volta.

Ele quase entrou para conversar com ela, para dizer algo do tipo: "Tome cuidado. Tem um homem lá embaixo no saguão que devora gente como eu e você", mas achou que era melhor não a deixar preocupada. O sr. Tordo estava lá atrás de Amanda, e Rodger sabia que o alvo por trás disso era *ele*. Só esperava que com isso os demais estivessem a salvo.

Ele sorriu outra vez para a menina e viu o número do quarto: 84.

Ele continuou andando pelo corredor.

Era bem longo, e tinha cheiro de produtos químicos e curativos.

O pessoal da manutenção empurrava carrinhos para os elevadores, e um faxineiro esfregava sem pressa os rodapés. Ninguém ali o viu.

Mesmo assim, ele estava com a estranha sensação de estar sendo observado.

Ele olhou para trás.

Não havia nada ali. A menina não tinha saído do quarto para observá-lo. Não havia ninguém olhando para ele. As únicas pessoas por perto eram reais.

Ainda assim, enquanto andava pelo corredor, ele não conseguia deixar de sentir um arrepio na nuca.

Rodger ia monitorando as portas de cada lado, vendo a numeração crescer.

Depois de uma curva em ângulo reto, ele viu um depósito à sua esquerda com o número 109. Rodger apertou o passo e, quatro portas adiante, lá estava o quarto 117.

Rodger abriu a porta. A mãe de Amanda olhou em sua direção quando ele entrou.

– Essa porta de novo – ela falou antes de se levantar e fechá-la.

Amanda estava deitada na cama, um volume pequenino sob as cobertas. Havia máquinas de um lado com luzes vermelhas que acendiam e apagavam. Sua cabeça estava envolta em bandagens no local da pancada, e seu braço esquerdo estava engessado. Devia estar quebrado. Rodger se lembrou da maneira como estava contorcido em um ângulo estranho da última vez em que a viu.

Ela estava dormindo.

Ele não sabia se seu coração tinha parado ou se estava batendo tão rápido que não dava para sentir as batidas. Era como se algo estivesse se debatendo dentro de seu peito. Ele estava zonzo. Amanda estava ali. E ele estava no mesmo lugar que ela. Depois de alguns dias de separação, os dois estavam juntos novamente.

Rodger chorou. (Só uma lágrima. Qualquer coisa a mais que isso e Amanda tiraria sarro de sua cara.)

Havia uma revista sobre a poltrona ao lado da cama. A mãe de Amanda a apanhou e voltou a se sentar. Ela a abriu sobre o colo, mas sem nem olhar para o papel.

Em uma das paredes, havia uma pequena pia e um armário com uma etiqueta dizendo "Para uso exclusivo dos pacientes".

Eles estavam nas entranhas do hospital, e o quarto não tinha janelas, apenas um pôster com uma paisagem de uma floresta pregado ao lado do guarda-roupa. Não era um lugar dos mais agradáveis, mas era lá onde Amanda estava.

Rodger ficou de pé ao lado da cama, olhando para ela.

Ela parecia em paz. O barulho de sua respiração era o mesmo que ela fazia à noite, deitada em sua própria cama. Isso o lembrou de quando ficava dentro do guarda-roupa na casa dela. Ele gostaria de poder perguntar para sua mãe ("a Elis de Freezer", ele pensou com

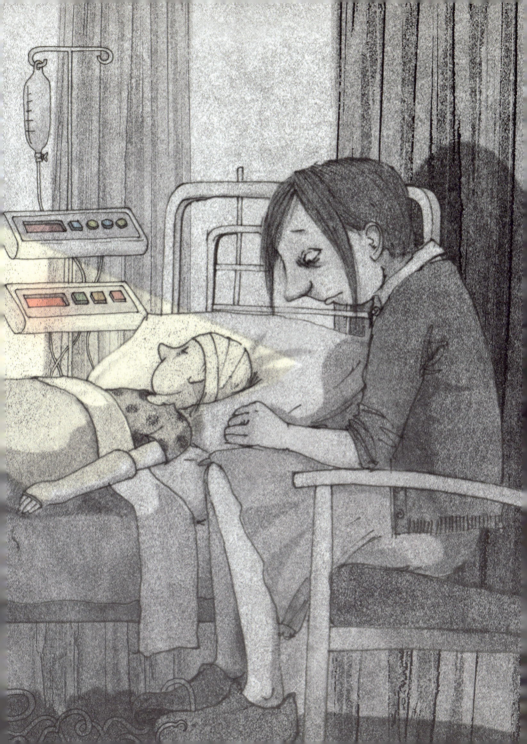

um sorriso) como Amanda estava. Queria saber exatamente tudo o que tinha acontecido.

No pé da cama, presa à armação de metal, ficava uma prancheta com anotações, mas não foi isso que chamou a atenção de Rodger, e sim uma plantinha que crescia diretamente da estrutura da cama, erguendo-se no máximo um metro no ar com seus galhos finos e algumas folhinhas crescendo em cada um deles.

E, o mais importante, não era uma planta real.

Mesmo dormindo, a imaginação de Amanda estava dando seu toque pessoal ao quarto.

Rodger ficou orgulhoso dela. Era por isso que queria ser amigo *dela*, não de João Junqueira, nem de Júlia, mas de Amanda, porque *ela* tinha um dom genuíno.

– Amanda, querida – a mãe de Amanda chamou a filha adormecida –, vou pegar uma xícara de chá. Fique aqui. Eu não demoro. Quer alguma coisa do café?

Amanda não respondeu.

Sua mãe abriu um breve sorriso como se ela tivesse respondido "Não, obrigada, mãe".

Ela parecia exausta, notou Rodger. Parecia ter passado a noite toda no hospital. Ele se perguntou quem estaria em casa tomando conta de Cafeteira, a gata.

Ela saiu.

Rodger derrubou a revista no chão e se sentou na poltrona.

Estava quentinha. Ele pôs uma das mãos sobre o lençol branco que cobria o ombro de Amanda e com a outra afastou o cabelo ruivo do rosto.

– Amanda – ele falou. – Sou eu, o Rodger.

Ele falou bem baixinho, para não a acordar. O que, na verdade, era uma bobagem, porque ele queria acordá-la, só por um momento, só para avisá-la de que estava lá, que havia percorrido uma grande jornada para, enfim, reencontrá-la.

Ele a cutucou de leve.

– Amanda?

Ela havia se mexido? O ritmo de sua respiração mudou? Uma de suas pálpebras tremeu?

Ele se inclinou para a frente, apoiou-se na cama e levou os lábios à orelha dela.

– Amanda – ele falou, segurando sua mão de leve. – Desculpa por ter feito você se machucar. Foi tudo culpa minha. Se você não tivesse me imaginado, o sr. Tordo não teria vindo atrás da gente e você... não teria sido atropelada. É culpa minha. Tudo culpa minha. Me desculpa. Vê se acorda logo. Estou com saudade.

Dizer tudo aquilo fez bem para ele. Foi como tirar um peso dos ombros, apesar de não o dispensar de falar tudo de novo quando ela estivesse de fato escutando.

Ele se recostou na poltrona e olhou ao redor do quarto.

Um canto estava mais escuro que os demais.

Isso lhe pareceu bem estranho.

E, então, houve um estalo, e as luzes se apagaram.

DOZE

Embora as lâmpadas do quarto de Amanda estivessem apagadas, ainda havia um facho de luz entrando do corredor pela janelinha da porta.

Rodger viu a menina, a garota silenciosa de cabelo preto, a amiga de dedos gélidos do sr. Tordo, que saiu das sombras e avançou sobre o retângulo de luz.

Ele ficou de pé em um instante, saltando para o pé da cama, colocando-se entre Amanda e a menina, o que era ao mesmo tempo corajoso e estúpido, ele percebeu, já que o verdadeiro alvo ali não era ela. Mas, para Rodger, isso não fazia diferença.

A menina inclinou a cabeça para o lado com um estalo, e o encarou como se não estivesse entendendo quem ou o que ele era. Rodger se lembrou de que estava vestido de menina, todo de rosa. Ela fungou duas vezes, baixou a cabeça e a balançou algumas vezes. Era ele *mesmo* quem ela esperava, no fim das contas.

O que Rodger podia fazer?

– Amanda! – ele gritou. – Amanda, acorda!

Não houve nenhuma movimentação atrás dele.

E então a garota atacou, com seus dedos em forma de garras (inclusive o que ele havia arrancado com uma mordida no beco estava lá, inteiro, com unha e tudo), sibilando, agarrando e medindo forças com ele, sempre com o mesmo olhar vazio no rosto.

Ele bateu as costas na cama, sentindo aquelas mãos frias dominá-lo.

As camas de hospital têm rodas, e obviamente a de Amanda não estava travada. A cada pancada durante a briga, o leito rolava para trás e batia na parede.

Quem passasse pelo corredor veria uma cama batendo na parede sozinha, na semipenumbra. "Não é à toa que as pessoas acreditam em fantasmas", pensou Rodger. Mas os fantasmas não serviriam de nada em seu caso. Ele precisava de ajuda, e não estava tendo nenhuma.

Ele sabia o que *estava* a caminho, o que *devia* estar a caminho, provavelmente subindo as escadas naquele exato momento, ignorando os horários de visita do hospital: alguém grande, careca e faminto.

Quando a cama deu a terceira pancada contra a parede, houve um leve grunhido vindo daquela direção. Um som bem baixinho. Em seguida, ele ouviu uma tossida e um gemido.

– Oh – Amanda grunhiu com uma voz fraca e sonolenta.

– Amanda! – gritou Rodger, sentindo uma esperança borbulhar dentro dele.

A menina o agarrava com suas mãos frias como algas marinhas, e sibilou bem perto de seu rosto. O hálito dela era de morte. Era a própria morte.

Ele se contorceu para trás e viu a silhueta de Amanda se sentando na cama. Estava tocando a bandagem da cabeça com o braço bom.

— Amanda, socorro! — ele gritou, ofegante.

Mas ela não ouviu. E nem o viu. Não viu nenhum dos dois.

Com uma das mãos, ele se agarrou à plantinha fina e, ajeitando o corpo, ele apoiou as costas na armação de metal da cama. Dessa forma, conseguiu erguer os pés e levá-los ao peito da garota. Com todas as forças, ele deu um meio-chute, meio-empurrão para se desvencilhar dela, derrubando a prancheta no chão no processo.

Amanda bocejou.

Onde ela estava? Ela olhou ao redor e bocejou de novo. Não parecia seu quarto. Pelo cheiro, não parecia sua casa. Ela havia despertado de sonhos estranhíssimos.

Então a cama se mexeu. Alguma coisa caiu no chão com um alarido.

Isso não era normal.

Ela estava zonza e grogue, toda dolorida, com sede, com fome e exausta, mas quando a cama se sacudiu de novo ela afastou o sono, deixou a dor de lado e se sentou.

Ela olhou ao redor.

Concluiu que estava no hospital. Seu braço esquerdo estava engessado, latejando incomodamente. O casaco de sua mãe estava pendurado nas costas de uma poltrona ao lado da cama. Sua cabeça doía demais. Ela havia sofrido algum tipo de acidente. Lembrava-se de estar correndo, e que apareceu um carro. Acordar no hospital fazia sentido.

Sua surpresa não era por isso. Havia uma planta nascendo do pé da cama. Uma árvore, ela notou. E estava se sacudindo. Isso era estranho. Era como se a planta estivesse sendo embalada por uma brisa, mas não havia brisa nenhuma.

Era uma árvore bonita, ela pensou, e estava crescendo diante de seus olhos, empurrando os painéis do forro e deixando a luz do dia entrar no quarto.

Ela se sentiu melhor com o acréscimo de luz, e se perguntou onde estaria sua mãe.

Nesse momento, a porta se abriu.

O sr. Tordo fechou a porta atrás de si.

Quando seus olhos pousaram sobre a árvore imaginária, ele sorriu, e a planta estremeceu.

As folhas se sacudiram nos galhos, que secaram e se dobraram.

– Você está acordada, garotinha – ele falou, com seu bigode se mexendo a cada palavra. Ele olhou ao redor. – Mas não está *totalmente* acordada, penso eu.

– Quem é você? – perguntou Amanda. – Você é médico?

– Não! – gritou Rodger. – Ele não é médico!

Ele ainda estava em confronto com a menina. Ela virou o corpo e conseguiu torcer um de seus braços atrás das costas. Com a outra mão, segurava seu longo cabelo ruivo. A briga estava praticamente encerrada. Ele estava imobilizado.

Ela o empurrou para o meio do quarto e ofereceu-o para o sr. Tordo como um gato oferece sua caça ao dono.

O homem estendeu a mão e tocou o rosto de Rodger.

– Tem certeza de que é ele? – perguntou o sr. Tordo.

Um sibilado pútrido escapou dos lábios da menina.

– Entendi. Bom, Rodger Rosa, você está sendo uma pedra no nosso sapato. Obrigou-nos a correr um bocado, não? Está vendo isto aqui? – ele apontou para um arranhão na testa. – Foi por tropeçar no seu gato fedorento e desaforado. Você me *machucou*, pequeno Rodger. Mas saiba, meu querido amigo cor-de-rosa, que até a sorte tem data de validade e adivinhe só? O seu dia chegou.

Rodger sabia o que aconteceria a seguir, e queria fugir, escapar e correr para longe, mas a menina o mantinha paralisado no lugar.

– Não – ele falou.

Foi preciso recorrer a quase todas as suas forças para dizer uma única palavra.

O aperto fantasmagórico da garota drenou todas as suas energias. Ele estava acabado. Enfim, derrotado. E de vez.

– Com quem você está falando? – perguntou Amanda. – Quem é Roger? E que sibilado é esse?

O homem que a princípio ela pensava ser um médico e que agora achava que não devia ser (principalmente por estar parado no meio do quarto falando sozinho) se virou para encará-la.

– Ora, escute só – ele disse sob o bigode. – Ela não consegue ver você.

Mesmo com os olhos dele cravados nos seus, Amanda teve a nítida impressão de que o homem não estava falando com ela. Sua cabeça doía. Havia alguma coisa errada com ela.

Ele se virou e continuou: – Ela não se lembra de você, Rodger. Uma pancada na cabeça é capaz de provocar isso. Que tristeza. De chorar, talvez? Isso torna o sabor mais doce. É melhor eu acabar logo com isso, antes que você Suma. Pense em mim como o gentil sr. Tordo, fazendo um favor para um Amigo.

Ela *tinha* mesmo batido a cabeça, ele estava certo, e sabia que isso fazia as pessoas perderem a memória. O nome disso era amnésia. Ela se lembrava. Mas do que teria se esquecido? O homem tinha razão. Havia um buraco em sua mente. Ela passou a língua da memória no espaço vazio. Com certeza havia um buraco.

Mas o que estava faltando ela não sabia dizer.

O quarto estava na semipenumbra, a planta havia morrido, e os painéis do forro tinham voltado para o lugar. Ela se sentia doente e cansada. Muito cansada.

Amanda se recostou nos travesseiros. Seria mais fácil dormir, não? Ela precisava descansar, certo? Era isso o que sempre diziam na tevê, né?

Exausta, ela sentiu seus olhos se fechando, incapazes de resistir a seu próprio peso.

– Amanda! – Rodger gritou de novo, juntando todas as suas forças para expressar seu desespero, seu pânico e sua raiva. – Socorro!

Ela deitou de novo sobre os travesseiros brancos.

O fato de ela conseguir ver o sr. Tordo mas não *ele* machucava como sal sobre um joelho ralado. Era um insulto. Ardia demais. Ela era amiga *dele*, não do sr. Tordo. Se era para ver alguém, deveria ser ele.

Aquilo era injusto e desumano, e o machucava por dentro.

Quando o sr. Tordo se aproximou, e o cheiro distante de deserto seco e ardido invadiu o quarto, Rodger juntou suas últimas energias para tentar resistir.

Ele se contorceu, e a garota cambaleou. Ainda o segurava com força, com a mão ainda enfiada em seu cabelo, mas pelo menos tinha perdido o equilíbrio.

Eles caíram para trás e bateram as costas contra o armário com o aviso "Para uso exclusivo dos pacientes".

Com um sibilado gorgolejante, a garota corrigiu a postura e empurrou Rodger para a frente outra vez, até voltarem ao ponto exato onde estavam antes.

Amanda ouviu o som de uma batida no armário e se apoiou sobre os cotovelos para olhar. Ela viu o móvel balançar e bater na parede.

E, então, a porta do armário se abriu.

A luz do corredor iluminou seu interior.

Ela viu seu casaco e sua calça jeans pendurados em um cabide e sua mochila no chão. Suas coisas estavam à sua espera.

Na parte interna da porta do armário, havia um espelho de corpo inteiro. Um dia, quando estivesse melhor, ela vestiria suas roupas, se olharia no espelho e...

"Ah", ela pensou, e seus pensamentos anteriores silenciaram.

A porta do armário estava balançando, e o espelho refletia algo *diferente* do que ela estava vendo no restante do quarto.

Havia uma menina vestida de rosa se debatendo nos braços de uma espécie de monstro pálido. Um esqueleto recoberto por uma fina camada de carne e pele fantasmais, com cabelo preto comprido e embaraçado.

Essa visão despertou algo dentro dela: uma lembrança, uma lembrança, uma lembrança... de estar no escritório de sua mãe. Ela se lembrou de estar escondida sob a mesa, e que Sol, a babá, estava à sua procura.

Mas o que *aquilo* significava?

E quem era a menina que lutava contra a assombração?

E por que Amanda sentiu vontade de se corrigir, usando a palavra "menino" em vez de "menina"?

E, então, tudo voltou à sua mente.

E de uma vez.

TREZE

Rodger sentiu um calafrio percorrer seu corpo, um calafrio estranho e quente, e então aconteceu.

Ele estava livre.

Apesar de ter largado seus braços quando ambos caíram, a menina tinha se agarrado a seu longo cabelo ruivo com ainda mais força com a outra mão. Mas agora o cabelo comprido não estava mais lá. Ela ficou segurando apenas o ar quando Verônica sumiu e ele se transformou em Rodger, o imaginário de verdade.

Uma energia esquecida voltou aos seus pulmões, e seu coração bateu livremente. Ele aproveitou a situação para se afastar da garota, esquivar-se do sr. Tordo e correr até a cama de Amanda.

Livre da garota, ele sentiu uma esperança. Eles tinham uma chance.

– Depressa – falou Amanda, estendendo sua mão boa e o puxando para cima do colchão.

– Ora, ora, ora – falou o sr. Tordo, virando-se lentamente para encará-los, balançando a cabeça. – Eu preferia não ter... perturbado... a jovem srta. Mexilhão. Esquecer é uma coisa natural, minha cara, e muito menos dolorosa. Agora, quando eu pegá-lo...

– Você não vai pegar o Rodger – interrompeu Amanda.

– Ele se alimenta de imaginários – murmurou Rodger. – Eu vi com os meus próprios olhos.

– A gente precisa sair daqui – Amanda sussurrou.

– Como?

Eles olharam ao redor. À primeira vista, a fuga parecia impossível. Além de Amanda ainda estar fraca e machucada (ainda que estivesse se sentindo mais animada, mais desperta, agora que Rodger estava ao seu lado), a única saída era a porta atrás do sr. Tordo, que de jeito nenhum os deixaria passar. À segunda vista também a fuga parecia impossível.

Com um sibilado agudo, a garota de cabelo preto pulou sobre eles. Não parecia o monstro que Amanda tinha visto no espelho, só a menina pálida que um dia apareceu na porta de sua casa, mas mesmo assim era assustadora.

Rodger se encolheu todo, lembrando-se do toque das mãos dela, mas quando a garota chegou à cama algo aconteceu.

Alguma coisa retiniu no ar.

Em vez de cair em cima deles, a garota se chocou contra uma cúpula de vidro que apareceu do nada e agora cobria a cama.

Rodger olhou ao redor. Ao seu lado havia um painel de controle, uma fileira de botões de metal, marcadores e alavancas. Ele

reconheceu aquilo. Ele se lembrava. Claro que sim. Era o submarino no qual eles exploravam os oceanos juntos.

Mas aquilo tudo era imaginário. Não tinha sido real.

Ele olhou para Amanda.

– Foi a primeira coisa que me veio à cabeça – ela explicou. – Se serve para segurar a água fora, pode fazer o mesmo com *eles*.

– Mas não é real – falou Rodger.

– E eu acho que esses dois também não são – respondeu Amanda.

A garota estava arranhando o vidro grosso e impenetrável, com o rosto contorcido de raiva, com os olhos escuros e imóveis como covas vazias. O cabelo dela flutuava ao lado do corpo, sacudido sem parar pelas correntezas subaquáticas.

– Ela nunca vai conseguir entrar – falou Amanda. – Eu construí essa coisa para durar.

A menina parou de arranhar a cúpula. Ela se sentou, ficou imóvel e desviou o olhar. Estava olhando para o sr. Tordo.

Ele estava batendo palmas. Vestia um traje de mergulhador, um daqueles bem antigos com capacete de metal e janelinhas de vidro. Peixes nadavam ao redor dele.

– Muito esperta – ele falou. Eles ouviram sua voz abafada que entrava pelos alto-falantes da cabine. – Uma menina cheia de brilho. Uma menina com grandes sonhos.

Amanda apertou o botão do comunicador e respondeu: – Sonhos, não. Com um submarino para duas pessoas capaz de ficar submerso por até oito horas a mais de quatro mil metros de profundidade.

Você vai ter de esperar – ela tirou o dedo do botão e murmurou para Rodger: – Mas a *minha mãe* já vai ter voltado até lá, e vai chamar um segurança ou coisa do tipo. Ele vai ser chutado para fora daqui.

– Você está se esquecendo de uma coisa, garotinha – falou o sr. Tordo.

– É?

– Eu sou muito mais *velho* que você. Muito maior, mais esperto, mais sábio. Já vi muito mais coisas. E sonhei muito mais. Imaginei nomes para os quais você não conseguiria pensar nem em um nome. Já viajei e me alimentei em todos...

Grudada na cúpula do submarino, a menina bateu no vidro e sibilou para eles, soltando bolhas de ar.

– Sim, sim – falou o sr. Tordo, fazendo um gesto de impaciência com as mãos. – Meu discurso está muito longo, eu sei, eu sei. Mas eu preciso dizer pelo menos uma coisa. Você, menina... – ele ergueu uma das mãos e apontou para Amanda com um movimento vagaroso – ... está no meu caminho.

Seu bigode se agitou por baixo do capacete de metal, e em um piscar de olhos o oceano – com o submarino, os controles, a cúpula de vidro e tudo mais – desapareceu. De forma repentina e inesperada, Amanda e Rodger se viram em um covil de serpentes sibilantes, rastejantes e ameaçadoras. Antes que pudessem gritar ou fazer qualquer coisa, a garota despencou sobre os dois.

Enquanto caía, ela se virou como uma gata, contorcendo-se no ar para aterrissar já com as mãos nos pulsos de Rodger, e os joelhos prendendo-o na cama. Ela estava encharcada.

Antes que Amanda pudesse se mover, serpentes se enrolaram em seus braços, suas pernas, sua cintura e seu pescoço. Ela estava presa.

– Você não é a única aqui com imaginação, garotinha – o sr. Tordo soltou um risinho amargo. – E eu estou com fome. Estou faminto faz horas, e preciso... pegar *emprestado* o seu amigo, se não se importa. Traga-o aqui.

A menina o arrastou para fora da cama cheia de cobras e o levou de volta ao centro do quarto, colocando-o de pé. Não havia nada que ele pudesse fazer. Sentia-se cansado demais, e o toque dos dedos gelados dela enchia sua cabeça de desespero. Ele se viu incapaz de resistir.

Amanda não estava em situação muito melhor, presa à cama pela força das serpentes. Apesar de não ter muito medo de cobras, não era exatamente uma situação agradável. Ela tentou se imaginar livre. Tentou imaginar Rodger livre. Tentou imaginar qualquer coisa, mas era difícil demais. As serpentes ocupavam boa parte de sua atenção, apertando-a e rastejando ao seu redor. Aquilo estava acabando com sua concentração.

Só o que ela podia fazer era observar.

– Finalmente – falou o sr. Tordo. – Você conseguiu escapar muitas vezes, é verdade. Sim, foi divertido. Um desafio. Mais interessante que a maioria. Mas, no fim, menino, isso não muda nada.

O sr. Tordo parou de falar e abriu a boca. O túnel-garganta antinatural, *sobrenatural*, revestido de dentes se estendia até as profundezas da cabeça dele e muito além. O cheiro ardido de poeira quente e areia atingiu o rosto de Rodger, que *tentou* livrar uma das

mãos, *tentou* se soltar, *tentou* fazer um último esboço de fuga.

Mas seu mundo foi virado de cabeça para baixo, e a garganta do sr. Tordo foi parar abaixo dele, um poço ladrilhado e branco com um pontinho de escuridão absoluta lá no fundo. Ele sentiu que estava caindo, que estava começando a ser tragado, mas então, inesperadamente, uma voz que Rodger conhecia bem interrompeu o processo, as luzes se acenderam, e a boca do sr. Tordo se fechou com um estalo forte e retumbante.

– Pois não? – disse a mãe de Amanda.

Ela estava com um copo de café em uma das mãos e um bolo embrulhado em uma embalagem plástica equilibrado em cima. A outra mão ela usou para abrir a porta, e estava prestes a fechá-la com o quadril quando viu o sr. Tordo.

– O que o senhor está fazendo no quarto da minha filha? – perguntou ela. – Posso ajudar em alguma coisa?

Ela não estava exatamente preocupada, e sim curiosa. Deveria haver uma explicação perfeitamente razoável para isso. Afinal de contas, era um hospital, as pessoas entravam e saíam dos quartos o tempo todo. O problema era que ele não parecia ser enfermeiro nem faxineiro, que andavam todos uniformizados, e também não era o médico que estava cuidando de Amanda.

Nesse momento, ela se deu conta de que reconhecia aquele homem. Mas de onde seria? A camisa havaiana berrante. A bermuda. A cabeça calva. Ah, ela o conhecia, *com certeza*, só não conseguia se lembrar de onde.

– Oh, sra. Mexilhão – ele cumprimentou. – Estou aqui no hospital fazendo uma pesquisa.

– No quarto da minha filha?

– Eu estava procurando pela senhora.

– O senhor apareceu na minha casa no outro dia – falou a sra. Mexilhão quando, enfim, o reconheceu. – Como sabia que eu estava aqui?

– Mas que boa memória – comentou ele.

A sra. Mexilhão se recordou da sensação estranha que ele lhe transmitiu. Estava sentindo a mesma coisa naquele momento.

– Acho melhor o senhor ir embora – ela disse com firmeza.

– Não precisa se preocupar – ele falou em um tom de voz bem suave. – A senhora não acredita em mim?

– Mãe! – chamou Amanda.

Ela passou a ter ainda mais dificuldade para se livrar das serpentes depois que sua mãe entrou, mas uma delas se enrolou bem em torno de sua boca, impedindo-a de falar. Com uma mordida, uma cuspida e um empurrão com a língua, ela conseguiu, enfim, remover o bicho de lá.

– Mãe! – chamou ela de novo. Sua voz saiu fraca, pouco mais que um sussurro. A serpente em torno de sua garganta a apertou com mais força.

– Amanda – respondeu sua mãe, gaguejando de susto. – Você acordou! Ah, querida.

Ela correu até o lado da cama, sentou-se na poltrona e acariciou a testa da filha. Não estava vendo as cobras.

– Como você está quente – ela comentou. – Mas pelo menos acordou, finalmente. Como eu estava torcendo para que isso acontecesse, querida. Ah, como eu queria estar lá quando...

– Não acredita nele, mãe – Amanda a interrompeu com um murmúrio. – Ele pegou o Rodger.

– O Rodger?

– Ele vai devorar o Rodger.

– Ah, mas isso não é coisa que se fale, garotinha – retrucou o sr. Tordo. – *Devorar* não é a palavra, de jeito nenhum. Só vou pegá-lo *emprestado. Usá-lo. Aniquilá-lo.*

– Do que vocês estão falando? – perguntou a mãe de Amanda, olhando para um e depois para a outra.

– Ah, nada, nada – mentiu o sr. Tordo, com a voz suave e um brilho no olhar.

– Não. Tem alguma coisa acontecendo aqui. Eu quero saber o que é, ou vou chamar a segurança.

– Mãe, ele... – Amanda não conseguiu concluir. A serpente em seu pescoço a apertou com toda força, estrangulando-a. Mas, mesmo enquanto se debatia de pânico, Amanda sabia que sua mãe só conseguia vê-la sem conseguir respirar.

– Amanda – gritou sua mãe, tentou sentá-la com uma das mãos e afrouxar seu pijama com a outra. – Ai, Amanda! Amanda? – ela se virou para o sr. Tordo. – Você. Não me interessa *por que* você está aqui. Vá buscar ajuda. Depressa. Não está vendo que ela está sufocando?

🐈

– Agora que elas estão ocupadas – falou o sr. Tordo, ignorando a sra. Mexilhão e se virando para Rodger –, podemos voltar para o *nosso* assunto, certo? Onde estávamos mesmo?

Ele recomeçou o horrendo processo de desconectar os maxilares outra vez.

Rodger não prestou atenção. Estava olhando para Amanda e sua mãe. Ele conseguia ver a serpente que a sufocava, mas a sra. Mexilhão, não.

As cobras imaginárias do sr. Tordo eram capazes *mesmo* de ferir Amanda? Ela seria estrangulada *de verdade*? Rodger não sabia. Mas tinha a impressão de que, se a mãe de Amanda conseguisse vê-las, teria como afastá-las, libertar Amanda.

E, apesar de não conseguir vê-las agora, apesar de ser uma adulta e não ter mais a imaginação para ver esse tipo de coisa, Rodger sabia que no passado não era assim. Afinal, ele conheceu Freezer, certo? Conhecia o velho amigo imaginário da mãe de Amanda. E isso significava que ela já havia feito parte daquele mundo.

O sr. Tordo estava com sua boca imaginária escancarada. Rodger começou a sentir seu mundo ser virado de cabeça para baixo outra vez.

— Amanda! — ele berrou, desesperado. — Amanda, conta para sua mãe sobre o Freezer. Diz que a gente se conheceu. Fala que ele está esperando por ela, e que pode vir se ela pedir. Conta sobre o espelho.

— Mãe — chamou Amanda, ofegante.

— Quietinha, filha — falou sua mãe. — Tenta não falar.

— É o Rodger — Amanda conseguiu dizer. — Ele quer que eu fale para você...

— O que, querida?

— Sobre... um freezer? Eu não enten...

— O que é que tem o freezer, querida?

Amanda fez uma pausa, como se estivesse escutando alguém. Sua garganta chiava sem parar, e as lágrimas escorriam pelo seu rosto. Sua mãe a acariciou com a mão e a beijou na testa.

– Um cachorro? – sussurrou Amanda, ficando ofegante a cada palavra. – Freezer... um cachorro... O Rodger... Eles se conheceram.

A mãe de Amanda a encarou, chocada. – Quê?

– Ele disse... – Amanda mal conseguia falar a essa altura – ... que está esperando. Usa o... o espelho.

Elis Tristão demorou um bom tempo para se dar conta de que Freezer não era um cachorro real. Mesmo quando o ouvia falar com ela de baixo de sua cama, ela achava que seus pais tinham encontrado para ela o melhor cão do mundo. Ela não fazia a menor ideia. Só aos poucos foi percebendo que ninguém conseguia ver Freezer, que ninguém sabia nada a seu respeito, que seus pais negavam que tivessem trazido um cachorro para casa. Foi só, então, que ela entendeu o que ele era.

Imaginário.

Que coisa mais estranha.

E agora, naquele quarto de hospital onde ela passou tanto tempo desejando e, sim, *imaginando* que Amanda fosse acordar, quando isso *enfim* aconteceu (*isso* também não era só imaginação dela, era?), ela praticamente conseguia sentir o cheiro da pelagem úmida de Freezer outra vez.

E, olhando para sua filha, ela viu outra coisa também.

Não apenas os lençóis, não apenas sua menina. Havia algo mais ali.

Ela não conseguiu distinguir o que era, pois desapareceu em um piscar de olhos.

Ela ouviu uma voz baixinha, a voz distante de um menino, dizendo: – O espelho. Fala para ela do espelho.

Aquilo era com ela? Parecia uma voz vinda das brumas, tão fraca, tão distante, mas mesmo assim ela olhou ao redor.

Ela viu o armário onde as roupas de Amanda estavam penduradas. A porta estava aberta, e no lado interior havia um espelho de corpo inteiro.

Quando olhou em sua direção, viu refletida sua própria imagem. Ela parecia cansada, como se não dormisse fazia dias. Era assim que se sentia também. Não tinha se afastado da cama de Amanda por mais de vinte minutos durante todo aquele tempo. E, logo ao lado de sua imagem no espelho, estava Amanda deitada na cama, mexendo-se sob uma colcha verde.

Não. Não era isso. Aquilo não era uma colcha, era...

Quando olhou de novo para a cama, ela viu as serpentes. Pareciam absolutamente reais, e estavam se enrolando em sua filha, mantendo-a imobilizada, incapaz de escapar.

– Cobras – ela falou consigo mesma. – Por que justamente cobras?

Ela detestava aqueles bichos. A maneira como se enrolavam, como se movimentavam, arrastando-se sem o menor esforço, como se fossem movidas unicamente por suas motivações malévolas. Até mesmo Cafeteira corria quando via uma minhoca no jardim; e não eram nem cobras de verdade, só um animal sem pernas.

Aquilo era loucura. Era surreal, bizarro. Mas ela não entrou em pânico, não deixaria o pânico tomar conta, por mais que quisesse sucumbir.

Se havia serpentes imobilizando sua filha, ela pensou, se eram elas que a estavam impedindo de abraçar sua filha, então era preciso dar um jeito naqueles bichos. Simples assim. Ela sentiu de novo o cheiro de Freezer, bem distante, vindo de algum lugar fora do quarto, mas aquele odor ativou algo em seu cérebro, e a lembrança de seu amigo peludo foi suficiente para acalmá-la.

Sem nenhum medo, ela envolveu com os dedos a cobra que sufocava Amanda, desenrolando-a com cuidado. O animal era forte, e resistiu bastante, tornando lentos seus movimentos, mas logo ela conseguiu abrir um espaço suficiente para que Amanda conseguisse inspirar suas primeiras lufadas profundas de ar em um bom tempo.

Ela ouviu de novo a voz do menino. Quando olhou ao redor, viu Rodger pela primeira vez. Ela o reconheceu, como se já o tivesse visto antes, apesar de não ser esse o caso. Ele era um conhecido, um amigo, e estava se debatendo desesperadamente, preso por alguma coisa que ela não conseguia identificar. Era uma nuvem negra sem forma, algo assustador, que lhe deu a impressão de ser ainda pior que as cobras.

O menino a encarou, e o pânico no rosto dele desapareceu por um instante quando ele notou que estava sendo visto por ela.

– O Freezer ainda lembra de você – gritou Rodger. – Falou que você é a Elis dele. Acho que está à sua espera.

E, diante dos olhos dela, a sombra ao redor dele recuou, e o menino foi cambaleando na direção do homem de camisa havaiana, que estava de costas para a cama, dobrado sobre si mesmo como se estivesse com alguma dor.

O corpo de Rodger se esticou todo, começando a se desfazer em gotas na direção da boca do careca. Era como se ela estivesse vendo uma cachoeira se movendo em câmera lenta na direção de um cano de esgoto.

Ela não sabia o que fazer.

– Faz alguma coisa, mãe – Amanda implorou da cama. – Ajuda o Rodger.

Freezer acordou.

Era hora do almoço na biblioteca. Havia pessoas reais circulando por todo o lugar, mas não foi o barulho ao redor que o acordou. Não foi isso. Também não foi o bipe da máquina leitora das etiquetas dos livros, nem o abre e fecha das portas automáticas. Ele estava acostumado com tudo aquilo. Era outra coisa.

Ele olhou para o quadro de avisos.

Ele vigiava aquele quadro fazia anos. Às vezes tinha saído e vivido aventuras, mas ultimamente só observava. Estava cansado. Estava velho. Estava meio apagado nas extremidades, Sumindo pouco a pouco. Um último trabalho e seria seu fim.

Ele olhou para cima.

E viu uma fotografia que não deveria estar lá, que não *poderia* estar lá. Em todo aquele tempo, ele nunca tinha visto ali um rosto como aquele. Nunca. As imagens que apareciam eram sempre de crianças que, por algum motivo, precisavam de um Amigo, e aquela – bom, na realidade aquela não era diferente. Era a que ele estava esperando. Ele sabia que, se tivesse paciência para esperar, ela acabaria aparecendo.

Freezer pegou a foto com a boca e saiu correndo para o Corredor decorado com o papel de parede chamativo, correndo com passos compridos e ofegantes.

Amanda estava meio sentada, meio deitada na cama, recuperando o fôlego depois de ser enforcada pela serpente. Mas, apesar de poder respirar livremente, pelo menos por ora, suas mãos e suas pernas ainda estavam presas.

Mas Amanda não estava preocupada com as cobras. Ela estava olhando para Rodger e o sr. Tordo. Nunca tinha visto aquilo antes, uma boca aberta sugando um imaginário. No estacionamento, ela havia interrompido o processo, atacando-o por trás. Foi assim que ela o conteve antes.

Não havia jeito de fazer isso agora.

A luta contra as serpentes drenou boa parte de suas forças. Ela estava exausta, quase desmaiando. Não sabia o que fazer para salvar Rodger desta vez.

– Ajuda lá, mãe – ela pediu, ofegante, com lágrimas nos olhos. – Ajuda o Rodger.

Rodger estava se esticando cada vez mais. Atrás dele a garota observava, um passo atrás, fora do caminho, com um meio-sorriso tristonho no rosto.

E então – quando ela pensou que tivesse chegado a hora, quando o sr. Tordo se inclinou para trás e sugou com mais força do que nunca, e o corpo de Rodger estava se alongando além do possível, esticando-se até o infinito, com pequenas partes se quebrando e entrando na garganta do inimigo – alguma coisa aconteceu.

Sua mãe se levantou, foi até o sr. Tordo e falou: – Pare com isso. Deixe o menino em paz. Quero que você o deixe em paz. Ele está com a gente. É um amigo. Você não pode ficar com ele.

Amanda se sentiu orgulhosíssima de sua mãe. Ela a amava.

Já o sr. Tordo não ficou tão impressionado. Sem nem se virar, ele empurrou sua mão com um dos braços.

Ela cambaleou, tropeçou e foi parar em cima da cama. Enquanto ela se apoiava na armação de metal para não cair completamente, do guarda-roupa surgiu a mais improvável das criaturas.

Um cachorro preto e branco apareceu correndo do nada, abanando a cauda e balançando a língua de um lado para o outro na boca.

– Elis? – ele latiu. – Elis?

E, sem olhar para onde estava indo, trombou na garota do sr. Tordo pelas costas, mandando-a pelos ares.

Ela, por sua vez, esbarrou em Rodger, derrubando-o da frente da boca voraz do sr. Tordo.

Como um elástico tensionado que é solto de repente, Rodger assumiu de volta a forma de menino em um estalo. Ele rolou pelo chão e soltou um suspiro de alívio.

(– Elis, é você? – latiu o cão.)

A garota, por sua vez, acabou arremessada no local exato onde estava Rodger. O sr. Tordo, no meio de sua refeição, não pareceu notar a troca. Ele continuou sugando.

(– Elis. Minha Elis – falou o cão, correndo para a mãe de Amanda.)

Amanda via tudo, horrorizada. A garota se esticou, foi ficando fina, e soltou um grito sibilado como o da chaleira da casa da vovó Tristão, só que de longe, como se estivesse soando a uma grande distância.

219

(– Ah, Elis, aí está você! – fungou o cão no pé da cama, enterrando a cabeça nos braços da mãe de Amanda.)

E um instante depois a garota não estava mais lá. Tinha desaparecido.

O sr. Tordo estava com os olhos fechados. Aquele era seu momento favorito. Ele saboreava a textura, o aroma e o sabor dos imaginários enquanto os engolia. Eles se sacudiam todos conforme iam descendo. O medo e o pânico deles acrescentavam um tempero extra. Isso o fazia se sentir pleno, completo, satisfeito.

Ele curtiu o momento. Era preciso, como uma joia líquida descendo por sua garganta.

E, então, acabou.

Ele tinha engolido o menino em uma rápida abocanhada, mas...

... mas havia alguma coisa errada.

O menino tinha um gosto rançoso de coisa estragada. Como um pedaço de carne deixado fora da geladeira por muito tempo. Como um pão que ficou esquecido no pacote por seis meses. Gosto de sujeira.

Mas ele parecia tão saboroso e tinha um cheiro tão bom...

Rodger caiu no chão como se tivesse sido atingido por trás e rolou para o lado, fugindo do apetite voraz do sr. Tordo.

Ele olhou para trás do lugar onde parou e, com um suspiro de susto e surpresa, viu a menina desaparecer dentro da goela do sr. Tordo, girando como um redemoinho de água suja descendo pelo ralo da pia da cozinha e, então, com um estalo terrível, ela desapareceu.

Rodger sentiu um cheiro de cachorro molhado.

O sr. Tordo levou a mão à garganta. Sua boca se fechou com um estalo, seu bigode voltou ao lugar. Ele tossiu como se tivesse ficado entalado com uma espinha de peixe. Seus olhos se arregalaram. Ele tossiu de novo, batendo no peito.

Rodger ficou só olhando, preocupado, temeroso e esperançoso ao mesmo tempo, com o coração acelerado.

– Hã – falou o sr. Tordo, com a mão no peito. – Hã, hã, hã – ele repetiu, como se isso significasse alguma coisa. E, então, ele começou a definhar.

O sr. Tordo, um grandalhão com uma careca reluzente e roupas chamativas, começou a encolher. Sua pele ficou flácida, frouxa e enrugada, tomada de manchas. O bigode foi ficando mais ralo, e ganhou uma coloração grisalha, e depois branca. Sua estatura diminuiu, suas unhas se quebraram, seus joelhos se entortaram e sua postura cedeu. Ele pigarreou e tossiu. Seus olhos se apagaram, ficaram opacos. Sua pele assumiu uma coloração cinzenta e um aspecto inchado. Rachaduras se espalharam pelos óculos escuros apoiados na testa agora toda enrugada. Até mesmo a berrante camisa havaiana desbotou, ficou rota e puída.

Rodger se lembrou das histórias que ouviu na fogueira e tirou sua própria conclusão sobre o que estaria acontecendo. Todos os anos que o sr. Tordo tinha conseguido burlar, cada ano que ganhou se alimentando de imaginários, tudo isso estava sendo tirado dele depois de devorar *sua própria* imaginária, centenas de anos. Ele estava ficando velho, assumindo sua verdadeira idade.

O sr. Tordo abriu os olhos. Ele olhou ao redor, para o quarto do hospital. A luz ali era mais fraca do que ele se lembrava. Estava escurecendo.

Ele sabia que tinha se alimentado. E sabia quem havia devorado.

Ele tossiu, sentindo-se sufocado, engasgado.

– Onde está você, menino? – perguntou ele, ofegante, procurando por Rodger.

Se pudesse devorar mais um, ele pensou, ia se sentir melhor.

– Cadê você? – mas ele não conseguia ver o garoto em lugar nenhum.

Havia apenas a menina na cama e a mãe dela ajoelhada no chão ao seu lado.

O menino (Roger, era isso?) tinha sumido.

Rodger estremeceu quando o sr. Tordo olhou diretamente para ele.

– Hã, hã, hã, hã – disse o velho, e desviou o olhar.

Ele não viu Rodger. Não conseguia mais vê-lo.

Rodger soltou um suspiro de alívio.

A fome era terrível. Parecia que suas entranhas estavam ocas, como se não houvesse nada além de um grande buraco dentro dele.

Devorá-la tinha acabado com ele. Os dois estavam juntos fazia tempo demais, ela era parte dele e ele era parte dela. Como viveria sem ela? Ele *sobreviveria* sem ela? Essa resposta ele não tinha.

Não se lembrava dos termos exatos da negociação que tinha feito. Isso havia acontecido há muito tempo.

Ele só sabia que estava com fome.

Assim como os imaginários precisavam de alguém que acreditasse neles, o sr. Tordo precisava se alimentar dessa crença para continuar vivendo. Seu tempo de vida já havia suplantado, e muito, o de uma pessoa comum, e a única coisa capaz de sustentá-lo era isso. Ah, ele gostava de uma boa xícara de chá, de laranjeira, de preferência, mas a bebida passava direto por seu corpo. A única coisa capaz de preenchê-lo era o corpo escorregadio de um imaginário fresquinho.

Mas se alimentar *dela* foi como mastigar e engolir a própria mão. Depois disso, seria a vez do braço, e depois do ombro, e quando visse já tinha devorado o corpo todo, e em sua última engolida acabaria consigo mesmo. Era assim que ele estava se sentindo.

A fome era tanta que até doía, queimava. Além disso, havia a solidão. Tudo de que ele gostava, *todos* de quem ele gostava, tudo o que ele conhecia, nada disso existia mais. Ela era a última parte de seu mundo.

Mas ele não conseguia se lembrar nem de seu nome.

Isso lhe pareceu estranho.

E, então, ele não conseguia se lembrar mais de nada. Não conseguia. Não conseguia.

CATORZE

As cobras tinham sumido. Quando o sr. Tordo começou a definhar e a menina desapareceu, as serpentes viraram fumaça. O quarto estava com um cheiro estranho e acre de pólvora, mas pelo menos tinha acabado, finalmente aquilo tudo chegara ao fim.

– Por favor – falou a mãe de Amanda, pondo a cabeça para fora do quarto. – Tem alguém da enfermagem disponível?

Ela havia assumido o controle da situação da maneira como só os melhores adultos sabiam fazer.

Freezer estava sentado ao pé da cama, observando-a com os olhos marejados. Ela havia ajudado Rodger a ficar de pé e se sentar na poltrona ao lado da cama. Pelo que ela pôde ver, ele não tinha nenhum ferimento grave decorrente da luta e tudo o mais que aconteceu.

Foi até estranho segurar pelo braço um menino de que ouviu falar tantas vezes, que morava na casa dela, mas que nunca tinha conseguido ver. Mesmo assim, ela nem piscou (haveria tempo para pensar em tudo isso mais tarde), simplesmente o ajudou a se levantar e o conduziu até a cama.

Ela o sentou ao lado de Amanda e olhou para a versão definhada do sr. Tordo. Era preciso fazer alguma coisa quanto a ele, que estava murmurando sozinho, quase surdo, quase cego. Um pobre velhinho indefeso, esquecido e, ao que parecia, quase inofensivo.

Quando a enfermeira chegou, a sra. Mexilhão apontou para ele.

– Acho que esse senhor está perdido – ela explicou. – Acho que não sabe nem onde está.

– Ah, minha nossa – falou a enfermeira. Ela se virou para o sr. Tordo. – Como é o seu nome, querido? – ela quase gritou as palavras, mas mesmo assim as disse com carinho.

– Hã? – fez o sr. Tordo.

– Ora, então vamos. Venha comigo para nós procurarmos o lugar onde o senhor deveria estar. Colocá-lo de novo na cama, fazer uma xícara de chá, que tal? Meu nome é Joana, querido. Pode se apoiar no meu braço. Vamos.

– Joana – murmurou o sr. Tordo, e seus olhos se iluminaram. – Sim, é isso... hã... é isso.

– É o que, querido? – questionou a enfermeira.

O sr. Tordo a encarou com uma expressão vazia. Seu rosto tinha se apagado outra vez.

– Hã?

– Ah, querido – falou a enfermeira.
– O senhor esqueceu? Vamos lá. Vai ficar tudo bem. Deve ter alguém por aí procurando pelo senhor, não?

A enfermeira conduziu o sr. Tordo para fora do quarto. Ele a seguia com passos curtos, arrastando os pés no chão, agarrado ao braço dela.

Quando estavam saindo pela porta, a enfermeira se virou para a mãe de Amanda e falou: – Peço desculpas por isso, querida. O pobrezinho. É bem fácil se perder às vezes, é só virar para o lado errado, e esses corredores parecem todos iguais. Espero que ele não tenha incomodado. Vocês duas estão bem?

A sra. Mexilhão olhou ao redor do quarto, sorriu e respondeu:
– Sim, acho que estamos bem. Obrigada pela ajuda.

Uma semana depois, Amanda já estava boa para voltar para casa. Ela foi sentada no banco de trás do carro com Rodger.

– Ah, Elis, quando foi que você aprendeu a dirigir? – perguntou Freezer, mas metade de suas palavras foram carregadas pelo vento.

– Põe a cabeça para dentro do carro, Freezer – repreendeu a mãe de Amanda, aos risos.

– Por que ele pode ir no banco da frente? – questionou Amanda, com uma pontinha de raiva na voz. – Sou eu que estou com o braço

quebrado. Por que ele ganhou o tratamento especial?

– Querida – sua mãe falou, olhando por cima do ombro. – O Freezer nunca andou de carro. Ele era um tremendo de um covarde quando eu era criança. Passava a maior parte do tempo debaixo da cama. Ele não gostava do barulho do motor.

– Não é isso – contestou Freezer. – É que eu sinto enjoo.

– Ô-ou – comentou Rodger.

– Está tudo bem agora – latiu o cão. – Agora que a Elis já é adulta.

– Lembra quando nós saímos de férias? – perguntou a sra. Mexilhão. – Nós fomos passar uns dias no litoral. Quando estávamos brincando de arqueólogo, você encontrou o osso que o chef do hotel tinha "perdido" na cozinha. Você me falou que era um osso de dinossauro. Só que aí, três dias depois, a mamãe perguntou que cheiro era aquele, e foi só quando ela foi olhar debaixo da cama que eu descobri o que era na verda...

– Espera aí – interrompeu Amanda, erguendo o dedo em riste. (Ela estava pensando.) – Se o Freezer não andava de carro, como vocês saíram de férias juntos?

– A gente se encontrou lá – respondeu Freezer. – Assim era mais fácil.

– Eu conheci um dinossauro – contou Rodger, todo exibido. – Era um tiranossauro rex chamado Floco de Neve.

— Oh – latiu Freezer. – Eu também, eu também.

Adultos não foram feitos para ver tudo – pelo menos não sempre, nem por muito tempo – e algumas semanas depois a mãe de Amanda sentiu falta da presença de Rodger à mesa no café da manhã.

— O Rodger não vai descer, Amanda?

— Ele está bem ali, mãe – respondeu Amanda.

— Ah – ela ficou com vergonha. – Desculpe, Rodger – ela falou para um espaço vazio onde Rodger estava sentado.

Freezer, que estava cochilando perto da porta dos fundos, ergueu a cabeça e falou: – Não se preocupa, Elis. Ele é o Amigo da Amanda. Não é ele quem você precisa ver. Olha só, eu ainda estou aqui – ele abanou o rabo.

— Mas você está parecendo meio magrinho, Freezer – ela comentou.

— Eu só estou cansado – respondeu o cão.

As aulas tinham recomeçado. Amanda perdeu a primeira semana e mais alguns dias, mas chegou o momento em que até ela mesma considerou que já era hora de voltar.

Amanda e sua mãe encontraram Júlia Rabanetto e a mãe dela no portão da escola.

As duas meninas trocaram sorrisos educados e entraram juntas.

— Amanda ainda tem aquele amigo imaginário, sra. Mexilhão? – perguntou a mãe de Júlia.

— Quem, o Rodger?

– Sim, ele mesmo.

– Como é que você sabe sobre o Rodger? – questionou a sra. Mexilhão. Ela não estava disposta a confessar que ouviu da boca dele sobre suas aventuras na casa dos Rabanetto.

– Foi a Júlia quem me contou – a sra. Rabanetto baixou o tom de voz e olhou ao redor antes de continuar. – Aconteceu uma coisa estranha durante as férias. Ela pensou que tinha uma amiga imaginária também.

– Ah, que legal – comentou a mãe de Amanda, acariciando a cabeça de Freezer. – Acho que isso é...

– Foi horrível, sra. Mexilhão – disse a mãe de Júlia, ignorando o comentário. – Eu fiquei morrendo de preocupação. Ela estava se comportando de um jeito esquisito demais. Isso não é natural. Eu fui com ela conversar com o dr. Peterson lá no hospital. Ele é um especialista, um psicólogo infantil – ela falou as últimas duas palavras em um sussurro quase inaudível, como se estivesse com vergonha. – Ele foi muito bem recomendado.

– Você levou a Júlia ao psicólogo? – a mãe de Amanda perguntou em voz alta.

– Sim – confirmou a sra. Rabanetto, olhando ao redor com uma expressão de culpa. – E foi a melhor coisa que eu fiz. Assim que entramos no consultório, ela estava curada. Não teve mais nenhuma alucinação desde aquele dia. Está curada.

– Que coisa.

– Eu posso passar o telefone dele, se for o caso.

– Acho que não – respondeu a mãe de Amanda. – Acho que a Amanda está bem do jeito que está.

– Ela falou de mim? – Rodger perguntou naquela noite.

– Não, nem uma palavra – respondeu Amanda.

O quarto estava às escuras. Amanda estava na cama, e Rodger no guarda-roupa. Estava tudo como era antes.

– Você perguntou?

– Sobre a Verônica? Bom, eu mencionei o nome algumas vezes, assim de passagem. Sabe como é: "Me empresta o apontador, Verônica?", e "Posso almoçar com você, Verônica?". Coisas desse tipo.

– E o que ela respondeu?

– "Meu nome não é Verônica", e "Me deixa em paz, sua esquisita". Coisas desse tipo.

– Sinto muito.

– Não seja bobo, Rodger. Eu não ligo para isso. Foi bem engraçado. Ela é bem estranha, a Júlia, mas eu gosto dela. E prometi que vou parar com isso amanhã – ela pensou mais um pouco. – Ou depois de amanhã.

Na manhã seguinte, Rodger estava sentado na sala com Freezer, observando a gata pela janela.

Às vezes, Cafeteira, a gata de Amanda, agia como se estivesse vendo Rodger (apesar de ninguém ter certeza se estava mesmo), mas estava na cara que nunca tinha visto Freezer. O cachorro costumava deitar ao lado dela enquanto dormia, e ela acabava sendo empurrada do sofá ou dos degraus, mas, com toda sua compostura felina, ela se limitava a bocejar, se alongar, se limpar um pouco e sair andando para cochilar em outro lugar.

– Essa não é a Cafeteira – Rodger comentou de repente.

– Não mesmo – falou Freezer.

O gato sentado no jardim da frente, lambendo uma das patas, com certeza não era Cafeteira. Rodger reconheceu a silhueta magra, a orelha rasgada, os olhos esquisitos, a cauda torta.

– É o Zinzan – ele falou.

Rodger foi correndo abrir a porta da rua.

– Oi, Zinzan – ele cumprimentou.

– Rodger – falou o gato, já entrando na casa. Freezer estava no corredor, escondido nas sombras.

– Não – ele disse em um latido áspero.

O gato saltou para o primeiro degrau da escada e coçou a orelha.

Ele piscou algumas vezes, sem dizer nada.

Freezer se escondeu ainda mais nas sombras.

– Desta vez não – ele falou. – Nem nunca mais.

Zinzan não disse nada.

Uma sineta tocou no alto da escada.

Cafeteira apareceu no último degrau. Parou. Viu Zinzan. Virou-se e saiu correndo para se esconder em um dos quartos.

Zinzan soltou uma risadinha felina.

– Você não quer vir comigo?

– Não – respondeu Freezer.

– Você sabe o que isso significa.

Freezer fez que sim com a cabeça.

– O que está acontecendo? – perguntou Rodger, meio que entendendo, mas torcendo para estar errado.

– Freezer? – chamou a mãe de Amanda da cozinha. – Você está sentindo esse cheiro?

– Elis?

– Ah, você está aqui – ela falou, aparecendo no corredor e acariciando sua pelagem espessa. – Tem um cheiro estranho vindo de algum lugar. Você pode...

Ela viu o gato sentado no primeiro degrau.

Ele piscou para ela. Devagar.

– Como foi que *você* entrou aqui? Cafeteira – ela gritou lá para cima. – Tem alguém invadindo seu território – em seguida se virou para Zinzan. – Xô, fora, passa. Seu gato fedorento...

– Tudo bem, Elis – falou Freezer. – Ele está comigo.

– Está me dizendo que ele...

– Não. Ele é um gato. Um conhecido meu. Ele já está indo.

Quando Amanda chegou da escola, correndo porta adentro, Rodger deu a notícia.

Freezer não estava mais lá.

– Ele era velho, explicou Rodger. – Foi andando até o fundo do quintal depois do almoço, e o vento o levou.

Rodger ficou ao lado do cão. Ele gostava de Freezer. Mas agora, poucas horas depois, já estava com dificuldade para se lembrar de sua aparência exata. Ele estava se esquecendo, assim como tinha se esquecido de... Ah, ele tinha se esquecido de alguém. Quem era mesmo?

Depois que Freezer foi levado pelo vento, Rodger voltou para dentro e ficou olhando as fotografias espalhadas pela casa. Ele não estava em nenhuma delas, a não ser em uma, que Amanda tinha espetado no

quadro de cortiça em seu quarto. A imagem dele tinha sido pintada por ela, de canetinha. Segundo Amanda, dava no mesmo.

As fotografias são as únicas coisas que temos de algumas pessoas. Isso e as nossas memórias.

A imaginação é uma coisa fugaz, Rodger sabia disso. A memória nem sempre retém tudo, e já é difícil o suficiente se ater apenas à realidade, recordar as pessoas reais que foram perdidas.

Ele ficou contente por ela ter aquela foto, por ter criado aquela foto, por ter alguma coisa dele que não iria se perder, já que um dia, ele sabia, por mais improvável que parecesse, ela iria esquecê-lo. Era isso que acontecia com o tempo, não era culpa de ninguém, é assim que as coisas são. Mas, dali a muitos anos, já adulta, ela encontraria a foto enfiada em uma gaveta, ou escondida entre as páginas de um livro, e notaria a presença dele em forma de desenho. Talvez alguma coisa de Rodger voltasse à mente dela, ou talvez ela apenas balançasse a cabeça e desse risada de sua falta de habilidade para desenhar (ou de seu corte de cabelo), mas fosse como fosse... bom, qualquer uma dessas coisas já bastava para Rodger.

– Eu sinto muito, mãe – Amanda falou naquela tarde.

– Como assim, querida?

– Pelo que aconteceu com Freezer.

– O que aconteceu com o freezer?

– Não, eu estou falando... – Amanda se interrompeu. Adultos não tinham sido feitos para ver tudo, ela se lembrava de ter ouvido certa vez. Eles se esqueciam das coisas com uma tremenda facilidade às vezes. Ela olhou para Rodger.

– Eu nunca vou me esquecer de você – ela falou com toda a sinceridade.

– O que foi? – perguntou sua mãe.

– Eu estava falando com o Rodger.

– Ah, o Rodger. Ele ainda está por aqui?

– Vamos – disse Amanda, e ela e Rodger saíram pela porta dos fundos para o quintal.

– O jantar sai em vinte minutos – gritou sua mãe.

Os dois saíram para correr sob o sol, sentindo a grama pinicar seus pés descalços.

Rodger foi o primeiro a entrar na toca, rastejando por baixo da moita.

– O que vai ser? – perguntou ele, ansioso. – O que vai ser hoje?

– Você ainda não sabe? – falou Amanda, ajeitando-se ao lado dele, estendendo a mão e acionando os controles. As luzes se acenderam, e os motores foram acionados. – Rodger, meu amigo, vai ser o que a gente quiser.